Ich widme dieses Buch all den tollen Frauen, die für mich da sind, wenn ich sie brauche.

ZU PERFEKT UM WAHR ZU SEIN

VON

MAREN BEVENSEN

Bibliografische Information der Deutschen Nationalbibliothek:
Die deutsche Nationalbibliothek verzeichnet diese Publikation in
der Deutschen Nationalbibliografie; detaillierte bibliografische
Daten sind im Internet über http://dnb.dnb.de abrufbar.

Herstellung und Verlag: BOD – Book on Demand, Norderstedt
ISBN: 9783755727262

Stefanie stand an der Staumauer des Rurstausees und hielt die Pistole in der Hand, mit der vor ein paar Stunden ein Mann erschossen worden war. Sie musste daran denken, wie sein Körper leblos auf dem Boden gelegen hatte…

Dann schaute sie sich nochmal um, ob auch niemand sah, was sie hier tat, wischte vorsichtshalber noch die Fingerabdrücke mit einem Taschentuch ab - sicher ist sicher - und warf die Waffe entschlossen in den dunklen See. Es platschte kurz, als die Pistole auf dem Wasser aufkam und dann war wieder alles still. Sie stand noch kurz da, starrte auf die Wasseroberfläche, die im Mondlicht glitzerte und setzte sich dann ins Auto, um nach Hause zu fahren.

Jetzt konnte sie nur noch hoffen, dass die Polizei oder die Mafia sie nicht mit der Sache in Verbindung bringen würden…

1

1 Jahr vorher

Elke strahlte, als der Möbelwagen vorfuhr. Sie hatte sich, nach dem Tod ihres Mannes, einen großen Wunsch erfüllt und sich endlich die Möbel gekauft, die sie schon immer schön fand. Andreas hatte einen ganz anderen Geschmack gehabt und wollte, dass das Haus sehr modern eingerichtet ist. Da sie jedem Streit mit ihm aus dem Weg gegangen war, hatte sie immer nachgegeben. Doch nun konnte sie tun und lassen, was sie wollte. Die Beerdigung lag nun fast neun Monate zurück und sie wollte nun wieder in ihr eigenes Haus ziehen. Alleine schon, damit nicht alles im Haus an ihn erinnern würde, wollte sie sich ganz neu einrichten, aber sie nutzte auch die Gelegenheit, sich zu verwirklichen. Stefanie gönnte ihr dieses Gefühl von ganzem Herzen, auch wenn sie etwas traurig war, dass ihre beste Freundin mit ihrem Sohn Maximilian wieder bei ihr auszog. Sie hatte sich so daran gewöhnt, dass mittags, wenn sie von der Arbeit kam, ein warmes Essen auf sie wartete und ihr Haus hatte noch nie so sauber ausgesehen. Die Gespräche abends bei einem Glas Wein würde sie auch sehr vermissen, aber Elke wohnte ja nur ein paar Meter von ihr entfernt. Sie konnte jederzeit zu ihr rüber gehen.

Nachdem sie alle Möbel in die Zimmer verteilt und aufgebaut hatten, verabschiedete sich Stefanie von ihrer Freundin und ging mit Tobias, ihrem sechzehnjährigen Sohn und seiner gleichaltrigen Freundin Johanna nach Hause. Johanna wohnte, seit dem Tod ihrer Mutter, an dem Stefanie nicht ganz unbeteiligt gewesen war, auch bei ihr und hatte sich wunderbar eingelebt. Sie wohnte im Gästezimmer und Stefanie hoffte, dass sie noch lange bei ihr wohnen würde. Das Jugendamt hatte seine Zustimmung gegeben, da es keine weiteren Familienmitglieder gab und Johanna war glücklich darüber. Stefanie mochte sie sehr und Johanna mochte Tobias, seit sie Kinder waren. Die zwei waren immer schon unzertrennlich, obwohl Tobias nicht war wie andere Jungs. Schon im Kleinkindalter wurde Autismus bei ihm festgestellt und Stefanie und Tobias hatten einen harten und steinigen Weg hinter sich. In dem kleinen Dorf in der Eifel waren sie und ihr Sohn oft Gesprächsthema gewesen.

Doch mittlerweile hatte Tobias seinen Schulabschluss geschafft und machte eine Ausbildung zum Landmaschinenmechaniker. Er hatte schon immer ein Faible für Traktoren und Landmaschinen und Stefanie hatte sich sehr gewünscht, dass er diese Möglichkeit bekommen würde. Mit Hilfe ihres Chefs Thorsten, bei dem sie halbtags als Steuerfachgehilfin arbeitete, hatte er dann auch eine Ausbildungsstelle in dem ortsansässigen Betrieb bekommen. Seine Noten waren zwar nicht die besten, aber sein Engagement dafür umso größer. Johanna hatte einen Ausbildungsplatz als Friseurin in dem Friseursalon im Dorf gefunden. Auch ihr machte dieser Beruf Spaß und sie übte schon fleißig an Stefanies und Tobias Haaren.

Als sie Zuhause ankamen, gingen Tobias und Johanna direkt nach oben in Tobias Zimmer und Stefanie holte sich eine Flasche Wein und ein Glas aus der Küche und setzte sich auf ihre Couch. Gestern noch hatte sie mit Elke hier gesessen und sie hatten über einen albernen Film im Fernsehen gelacht. Jetzt saß sie da und hörte die Stille. Es war schön gewesen, dass Elke mehrere Monate bei ihr gewohnt hatte. Natürlich gab es schon mal öfters Streit um das Bad, besonders morgens, aber die meiste Zeit hörte sie Lachen im Haus und das genoss Stefanie sehr. Elke hatte vor neun Monaten ihren Mann verloren, aber Elkes Trauer währte nicht lange, so ungefähr 5 Minuten. Dann begriff sie, dass sie frei war und sich nicht mehr von ihrem cholerischen Ehemann tyrannisieren lassen musste. Die Leute im Dorf hatten natürlich getratscht und es wurde erzählt, dass Elke und sie eine lesbische Beziehung hätten und sie deshalb den Andreas beseitigen mussten, aber im Dorf wird ja immer getratscht. Stefanie gab schon lange nichts mehr um das Gerede in Engelau. Sie war zwar hier aufgewachsen, aber seit der Geburt ihres Sohnes hatte sie keinen besonders guten Draht mehr zu den Leuten hier. Man hatte ihr auch ein Verhältnis mit ihrem Chef, dem Steuerberater im Ort, nachgesagt. Dabei war sie seit Jahren alleinerziehende Mutter, nachdem ihr Mann Matthias sie verlassen hatte. Sie hätte also ganz legitim mit ihm eine Beziehung haben können, zumal er geschieden war, aber das wollte sie überhaupt nicht. Er baggerte so ziemlich alles, was bei drei nicht auf dem Baum war an und sie wollte nicht nur eine Eroberung sein. Obwohl sie schon Lust auf ihn hatte…

Stefanie trank ihr Glas leer, brachte es in die Küche und ging in ihr Bett, in dem sie ab sofort wieder alleine schlafen musste. Gestern Nacht hatte Elke noch neben ihr gelegen und sie hatte sich schon so an ihr leises Schnarchen gewöhnt. Jetzt war alles still und sie konnte gar nicht einschlafen. Ob es Elke in ihrem Bett auch so erging? Sie nahm ihr Handy und schrieb ihr eine Nachricht.

„Schläfst du schon?"

Es kam sofort eine Antwort.

„Nein. Es ist so still hier und das Bett ist so groß :(", schrieb Elke zurück.

„Geht mir genauso… Ich wünsche dir eine gute, erste Nacht in deinem Zuhause. Schlaf gut und träume etwas Schönes."

„Ist schon komisch. Ich rufe dich morgen an. Schlaf du auch schön. Hab dich lieb.", antwortete Elke.

Stefanie fielen dann doch die Augen zu, nach dem anstrengenden Tag und sie träumte von Thorsten, ihrem Chef.

2

Am nächsten Morgen erwachte Stefanie quer im Bett und musste sich erst einmal sortieren. Ach ja, sie schlief ja wieder alleine in ihrem Bett. Sie ging ins Bad und machte sich fertig, bevor Johanna und Tobias das Bad in Beschlag nehmen konnten, zog sich an und ging zur Arbeit. Als sie in ihr Büro kam, sie musste nur ein Haus weiter gehen, war Thorsten schon da und telefonierte. Sie setzte Kaffee auf und biss in ihr Croissant, das Thorsten jeden Morgen für sie kaufte. Als er fertig war mit seinem Telefonat kam er zu ihr.

„Nächste Woche muss ich auf eine Fortbildung und ich möchte, dass du mitkommst. Hast du Lust mit mir auf eine zweitägige Reise nach Köln zu gehen?", fragte er sie mit einem lüsternen Unterton.

„Nach Köln? Das sind nur knapp 70 Kilometer? Da müssen wir nicht übernachten.", antwortete Stefanie irritiert.

„Ich weiß, aber ich kann doch die Übernachtungskosten absetzen und ich möchte mit dir um die Häuser ziehen. Du gibst mir ja sonst immer eine Abfuhr.", sagte Thorsten mit einem Augenzwinkern.

„Wann wäre das denn?", fragte Stefanie unsicher.

„Nächste Woche von Montag bis Dienstag. Komm, sag ja!", bat Thorsten sie mit einem Ausdruck in seinen tiefblauen Augen, dem Stefanie nur schwer widerstehen konnte.

„Okay, einverstanden. Aber wir haben getrennte Zimmer!", forderte Stefanie mit hochgezogener Augenbraue.

„Was denkst du von mir. Ich bin dein Chef!", sagte er mit gespielter Entrüstung.

„Das möchtest du nicht wissen…", antwortete Stefanie frotzelnd.

Thorsten lachte laut auf. „So so…Dann buche uns bitte zwei Zimmer. Ich gebe dir gleich die Adresse, wo das Seminar stattfindet. Aber bloß keine Absteige. Es sollte schon etwas Luxus bieten. Ein Whirlpool im Zimmer wäre nett…", sagte Thorsten und grinste breit.

Jetzt musste Stefanie lachen. „Sonst noch was?"

„Lass mich mal kurz überlegen…" Thorsten tat so, als überlege er ernsthaft. „Thai-Massage, Zimmerservice und ein zwei Meter Flachbildschirm…Spaß beiseite. Du machst das schon…", sagte Thorsten augenzwinkernd und ging in sein Büro.

Stefanie rollte lachend mit den Augen und setzte sich an ihren Schreibtisch. Eine Kurzreise mit Thorsten würde bestimmt Spaß machen. Er war sehr galant und er war großzügig. Wenn sie zusammen essen gingen, und das kam öfters vor, lud er sie immer ein und bestand darauf, dass sie auch eine Vorspeise nahm. Er kaufte ihr jeden Morgen ein Croissant, weil er wusste, dass sie das so gerne isst. Aber sie waren nur gute Freunde, mehr nicht. Am Anfang hatte er mit allen Mitteln versucht sie ins Bett zu bekommen, aber Stefanie war hart geblieben. Sie hatte zu große Angst, dass es danach zu Problemen kam und sie wollte ihren Job nicht verlieren. Er war einfach kein Mann für eine feste Beziehung, das wusste sie.

Stefanie suchte im Internet nach Hotels, nachdem sie die Adresse von Thorsten bekommen hatte und stellte fest, dass in dieser Woche mehrere Messen in Köln waren und die Auswahl an freien Zimmern begrenzt war. Sie fand noch zwei Zimmer in einem drei Sterne Hotel und wusste jetzt schon, dass Thorsten damit nicht zufrieden sein würde. Aber was sollte sie machen? Hexen konnte sie noch nicht. Sie buchte die Zimmer online und schickte Thorsten einen Screenshot der Buchung. Er kam sofort aus seinem Büro gestürmt.

„Nicht dein Ernst, oder?", sagte er vorwurfsvoll.

„Es ist nichts mehr frei. Messe…", sagte Stefanie entschuldigend und zuckte mit den Schultern.

„Na ja, dann muss ich mir meine Massage woanders holen…", sagte er maulend, drehte sich um und ging wieder in sein Büro.

Seine Sorgen möchte ich haben, dachte sich Stefanie und widmete sich dem Stapel Einkommensteuer-anträgen, die auf ihrem Schreibtisch lagen. Da klingelte ihr Handy. Elke war dran.

„Guten Morgen Liebelein, wie war deine erste Nacht? Konntest du schlafen?", fragte Stefanie freudig.

„Ach, es geht so. Ich war oft wach und bin durchs Haus getigert. Jede Stelle im Haus erinnert mich an ihn. Da steht ja auch noch sein Wagen in der Garage. Den muss ich auch noch verkaufen. Aber das wird schon. Und du?", fragte Elke.

„Ich habe auch unruhig geschlafen. Es war so still im Zimmer…", sagte Stefanie und lachte.

„Ich schnarche nicht!", protestierte Elke lachend.

„Nur ein bisschen… Du schnurrst.", foppte Stefanie sie. „Aber was anderes, ich fahre nächste Woche mit

Thorsten auf eine Dienstreise.", sagte Stefanie
geschwollen.

„Echt?", fragte Elke sie überrascht. „Wohin?"

„Nach Köln…", lachte Stefanie. „Aber immerhin meine
erste Dienstreise!"

„Ein oder zwei Zimmer?", wollte Elke spöttisch wissen.

„Natürlich zwei! Wo denkst du hin?", antwortete
Stefanie entrüstet.

„Warum denn? Das wäre doch eine Gelegenheit…",
fragte Elke und Stefanie konnte förmlich ihr Grinsen
sehen.

„Nee lass mal. So, ich muss was tun. Bis später Süße.",
sagte Stefanie und legte auf.

Aber sie konnte sich kaum konzentrieren. Immer
wieder tauchten Bilder in ihrem Kopf von Thorsten
auf und er war nackt.

„Jetzt reiß dich mal zusammen!", sagte sie laut zu sich
selbst.

3

Die Zwillinge Sven und Nils hatten mittlerweile ihre
Haftstrafe verbüßt. Sie waren wegen Drogenbesitz zu
einer Jugendhaftstrafe von einem Jahr verurteilt worden
und auch daran war Stefanie nicht ganz unbeteiligt
gewesen. Tobias hatte seine ganze Kindheit unter den
Beiden gelitten und sie hatten ihn dazu bringen wollen,
auf einen Waggon zu klettern, damit sie das Video
davon ins Internet stellen konnten. Stefanie hatte dies
verhindern können und die Polizei, die Elke gerufen
hatte, fand jede Menge Tabletten einer Designerdroge
und Haschisch in ihren Taschen. Unter normalen
Umständen hätten sie gewiss eine Bewährungsstrafe
bekommen, aber der Richter war ein guter Freund von
Andreas, Elkes verstorbenem Mann, gewesen und
Stefanie hatte ein Druckmittel gehabt, mit dem sie
Andreas dazu gebracht hatte, den Richter von der
Notwendigkeit einer Haftstrafe zu überzeugen. Andreas
hatte spezielle Vorlieben gehabt und besuchte in
regelmäßigen Abständen eine Domina „Lady Morena"
in Euskirchen. Stefanie war, auf nicht ganz legalem
Wege, an die Überwachungsvideos von diesen
Besuchen gekommen und hatte dabei einen
interessanten Einblick in die Arbeit einer Domina
erhalten. Von diesen Besuchen sollte natürlich niemand
erfahren, auch nicht Elke und so gingen die Zwillinge in

den Jugendarrest und Anette, ihre perfektionistische und arrogante Mutter, war seitdem extrem freundlich zu Stefanie.

Tobias traf vor dem Kiosk mit den Zwillingen zusammen. Er rechnete damit, dass sie zornig auf ihn wären und er sich wieder irgendeine Gemeinheit anhören musste, aber sie grüßten ihn fast schon freundlich. Er war überrascht und grüßte zurück. Johanna, die bei ihm war, sagte misstrauisch:

„Ich wusste gar nicht, dass die schon wieder aus dem Knast raus sind. Ich trau denen nicht über den Weg. Die hecken doch immer irgendetwas aus.", flüsterte Johanna.

„Vielleicht haben sie sich geändert", antwortete Tobias nachdenklich und schaute ihnen hinterher, während sie in dem Kiosk verschwanden.

„Die? Niemals!", zischte Johanna fies. „Die haben die Gene ihrer Mutter."

Beide kicherten und die Zwillinge, die in dem Moment wieder aus dem Kiosk kamen schauten irritiert.

„Hör mal Tobi, wir wollten uns bei dir entschuldigen. Frieden?", fragte Nils. Tobias war sich nicht sicher, ob sie ihn verarschen wollten, aber die Beiden wirkten sehr schuldbewusst.

„Klar…", sagte Tobias nur und Nils hielt ihm die geschlossene Faust hin. Er drückte seine Faust gegen die von Nils und nickte. Dann zogen die Zwillinge weiter.

„Was war das denn?", wollte Johanna wissen.

„Keine Ahnung…", antwortete Tobias irritiert. „Hauptsache, sie lassen uns in Ruhe."

„Ich trau dem Braten nicht…", sagte Johanna skeptisch. Dann betraten sie den Kiosk und kauften sich zwei Cokes.

Johanna und Tobias waren beste Freunde. Das hatte sich auch nicht geändert, nachdem sie einmal miteinander geschlafen hatten. Leider war es anders gekommen, als es von Johanna geplant gewesen war. Sie waren alleine im Wald gewesen, in einem Geheimversteck, das nur Tobias und sie kannten, doch leider waren die Zwillinge ihr gefolgt und hatten alles mit dem Handy gefilmt. Als sie das bemerkt hatten, war die Situation eskaliert. Tobias bekam eine Panikattacke und hatte Johanna völlig aufgelöst zurück gelassen. In der Nacht starb dann noch ihre Mutter, weil diese streng religiöse Frau in Tobias einen vom Teufel besessenen Jungen sah und einen Exorzismus an ihm vollziehen wollte. Stefanie, die ihren Sohn retten wollte, hatte Johannas Mutter daraufhin die Treppe hinunter gestoßen.

Das alles war traumatisierend für die Beiden gewesen, so dass sie seitdem keinerlei sexuelle Versuche mehr gestartet hatten. Aber es hatte sie auch enger zusammen geschweißt. Sie hatten schon so viel miteinander erlebt und konnten sich blind aufeinander verlassen.

Kurz darauf erhielt Tobias eine Nachricht von Nils auf seinem Handy.

„Hi Tobi, Lust auf eine Runde Zocken?"

Die Eltern von Sven und Nils hatten beide leitende Jobs in großen Unternehmen und verdienten sehr gut. Deshalb hatten sie auch hohe Erwartungen an ihre Söhne. Sie sollten gute Noten nach Hause bringen und wurden dafür reichlich belohnt. So hatten sie alle computertechnischen Geräte, die neu auf dem Markt waren und stellenweise vor dem öffentlichen Verkauf. Tobias war schon bei ihnen Zuhause gewesen und hatte den riesigen Fernseher bestaunt, der in ihrem Wohnzimmer stand. Auf diesem Bildschirm zu zocken, war schon etwas Besonderes. Deshalb war er hin- und hergerissen, als er die Nachricht von Nils las. Wollte er ihn reinlegen oder wollte er wirklich wieder gut machen, was er getan hatte? Johanna reagierte wütend, als sie von der Nachricht erfuhr.

„Du willst doch nicht ernsthaft zu denen gehen? Nachdem was sie uns angetan haben!", sagte sie erbost.

„Aber sie haben ihre Strafe dafür verbüßt. Vielleicht wollen sie wirklich Freundschaft.", erwiderte Tobias beschwichtigend.

„Ja klar. Mensch Tobi, die haben bestimmt nichts Gutes im Sinn!", redete Johanna auf ihn ein.

„Ich werde mal hingehen und sehen, was passiert.", sagte Tobias entschlossen und Johanna verdrehte die Augen.

„Da kannst du aber alleine hingehen. Ich komme da nicht mit!", sagte Johanna entschlossen.

„Du zockst doch eh nicht gerne.", erwiderte Tobias und verstand nicht, warum Johanna beleidigt das Zimmer verließ.

4

Am Montag fuhren Stefanie und Thorsten um halb sieben Uhr los, da das Seminar schon um acht Uhr in Köln begann. Sie fuhren mit seinem Audi Cabrio auf die Autobahn und Stefanie genoss die Fahrt mit offenem Verdeck an diesem schönen Morgen. Durch den morgendlichen Berufsverkehr hatten sie unterwegs mehrere Staus, waren aber pünktlich um 8 Uhr in dem Seminarsaal. Dieser war sehr groß und schon gut gefüllt. Es wurden langatmige Vorträge gehalten und mittags gab es eine einstündige Pause. Diese nutzten Stefanie und Thorsten um in dem Hotel einzuchecken, das nur ein paar Meter entfernt lag. Als sie an der Rezeption standen und ein Formular ausgefüllt hatten, überreichte ihnen die Hotelangestellte einen Zimmerschlüssel.

„Ähm… Ich hatte aber zwei Zimmer bestellt!", sagte Stefanie irritiert.

„Oh, Entschuldigung. Ich schaue direkt mal nach.", sagte die junge Frau lächelnd und schaute in ihrem PC nach. „Ich habe hier eine Reservierung für ein Zimmer für 2 Personen, Frau Reimann."

„Ich hatte aber zwei Zimmer reservieren lassen! Das weiß ich ganz genau.", sagte Stefanie aufgebracht.

„Es tut mir sehr leid, aber wir sind leider ausgebucht. Ich habe nur dieses Zimmer für Sie.", sagte die junge Frau entschuldigend lächelnd.

Stefanie schaute Thorsten an, der vor sich hin grinste.

„Hast du was damit zu tun?", fragte sie ihn empört.

„Ich? Aber du hast doch die Zimmer reserviert.", sagte Thorsten gelassen. „Also ich habe nichts dagegen, wenn wir uns ein Zimmer teilen."

„Das kann ich mir denken.", murmelte sie mürrisch vor sich hin. „Und da können Sie wirklich nichts machen?", fragte Stefanie die junge Frau.

„Leider nein.", antwortete diese immer noch lächelnd. Stefanie fragte sich, ob die junge Frau ein Mensch oder ein Android war. Dieses Dauergrinsen machte sie aggressiv. Sie war nicht mit dem eigenen Auto hier, also konnte sie auch nicht nach Hause fahren und ihn um seinen Wagen bitten, wollte sie auch nicht.

„Okay, denke jetzt bloß nicht, dass ich das so geplant habe! Ich wollte mein eigenes Zimmer haben!", sagte Stefanie aufgebracht.

„Ich denke gar nichts.", antwortete Thorsten immer noch grinsend und nahm ihr den Schlüssel ab. „Wo müssen wir denn hin? Zimmer 36, also dritter Stock. Komm Braune…"

Stefanie ging hinter ihm her zum Fahrstuhl und redete kein Wort mit ihm. Als sie das Hotelzimmer Nr. 36 betraten, stellte sie erschrocken fest, dass es sich um ein französisches Bett handelte. Er musste doch denken, dass sie das absichtlich gemacht hatte. Thorsten legte sich auf das Bett und wippte hoch und runter.

„Die Matratze ist okay.", stellte er zufrieden fest. Stefanie ging ins Bad und begutachtete die sanitären Einrichtungen. Es sah alles sehr sauber aus. Das Zimmer hatte einen schönen Blick auf die Hinterhöfe, das versprach zumindest eine ruhige Nacht. Sie mussten sich wieder auf den Rückweg machen und kauften sich unterwegs noch eine Bratwurst auf die Hand. Die Vorträge gingen weiter und Stefanie war froh, dass viel Kaffee bereit stand. Als um 17 Uhr endlich der Seminarleiter allen einen schönen Abend wünschte, strömten die Teilnehmer auf die Straße. Stefanie und Thorsten warteten, bis die meisten den Saal verlassen hatten und gingen dann auch an die frische Luft. Es war ein milder Abend und Beide hatten großen Hunger. Deshalb suchten sie sich ein nettes Lokal und bestellten sich Steak und Pasta. Während sie auf das Essen warteten und die ganze Zeit über Berufliches gesprochen hatten, fragte Thorsten sie plötzlich:

„Was hälst du von einer schönen, entspannenden Massage nach dem Essen?"

„Da hätte ich jetzt nichts dagegen. Das stundenlange Sitzen macht mich fertig. Aber wo bekommen wir denn jetzt noch eine Massage? Und ohne Termin?", fragte Stefanie skeptisch.

„Ich kenne hier in Köln einen Club. Da bekommt man eine wunderbare Massage und gute Cocktails.", antwortete Thorsten und schaute sie herausfordernd an.

„Club? Was für eine Art von Club?", fragte Stefanie irritiert.

„Also kein Golfclub.", grinste Thorsten. „Ein Club für Erwachsene…"

Stefanie überlegte kurz. Dann verstand sie. „Du meinst einen Swingerclub?", fragte Stefanie irritiert.

„Da musst du nicht vögeln. Du kannst dich auch massieren lassen oder nur trinken, wie du willst. Es gibt einen großen Whirlpool und das wird dir gut tun, nach so einem anstrengenden Tag.", versuchte Thorsten sie zu überzeugen.

Stefanie überlegte, was sie tun sollte. Sie war jahrelang nur für Tobias da gewesen und der Halbtagsjob bei Thorsten bot ihr auch nicht wirklich eine Herausforderung. Jetzt hatte sie die Gelegenheit vielleicht etwas Aufregendes zu erleben. Sie hatte viel zu wenig an sich gedacht. Also warum nicht?

„Okay, lass uns da hinfahren!", sagte Stefanie entschlossen und lächelte Thorsten selbstbewusst an.

„Prima!", freute sich Thorsten und hob sein Weinglas, um mit ihr anzustoßen.

Nach dem Essen nahmen sie sich ein Taxi und fuhren zu der Adresse, die Thorsten dem Taxifahrer nannte. Er war wahrscheinlich schon öfters dort gewesen, dachte sich Stefanie. Sie fuhren in einen Stadtteil, den Stefanie nicht kannte, hier waren viele Bars und Bordelle. Überall waren rote Leuchtreklamen an den Häusern und hier und da standen leicht bekleidete Frauen auf der Straße. Sie fuhren weiter und nachdem sie den Stadtteil verlassen hatten, schloss sich ein Waldstück an. Das Taxi hielt vor einem großen geschmiedeten Tor und dieses öffnete sich automatisch. Der Fahrer fuhr das Taxi über einen Kiesweg und dann sah Stefanie ein beleuchtetes Haus. Es war eine große, alte Stadtvilla und es brannten zwei Fackeln vor dem Eingang, an dem ein breitschultriger Mann stand. Sie stiegen aus, Thorsten bezahlte den Taxifahrer und dann gingen sie auf den Eingang zu. Der Türsteher sah Thorsten und begrüßte ihn mit Namen, während er ihnen die Tür aufhielt. Drinnen war es nur dezent beleuchtet und wenige Meter vom Eingang entfernt war eine Rezeption. Thorsten bezahlte den Eintritt für sie Beide und führte Stefanie in einen Raum, in dem viele Spinde standen.

„Hier kannst du deine Kleidung und Wertsachen einschließen.", sagte Thorsten und fing an seine Kleidung auszuziehen.

„Alles?", fragte Stefanie nervös.

„Nein. Die Unterwäsche lässt du an.", antwortete Thorsten lachend.

Sie zog ihre Schuhe, ihre Jeans und ihre Bluse aus und war froh, dass sie heute Morgen ihre schöne Unterwäsche angezogen hatte. Warum hatte sie das eigentlich getan? Stefanie stand etwas unsicher vor Thorsten, der jetzt ebenfalls nur noch in Unterhose vor ihr stand und betrachtete seinen Körper. Er war genauso wie sie ihn sich vorgestellt hatte. Seine muskulöse Brust war leicht behaart und an seinem

24

Bauch zeichnete sich ein Sixpack ab. Stefanie musste plötzlich schwerer atmen und wippte von einem Bein auf das andere.

Er nahm ihre Hand und sagte:

„Ich bin ja bei dir!" Dann ging er mit ihr durch eine andere Tür in einen großen Raum. Hier war ein üppiges Buffet aufgebaut und auf der gegenüberliegenden Seite befand sich eine lange Theke, hinter der ein elegant gekleideter Barkeeper stand. Auf den roten Barhockern davor saßen einige Personen, die unterschiedlichen Alters waren. Manche waren Anfang zwanzig und manche wesentlich älter. Alle unterhielten sich und es war für sie anscheinend völlig normal, dass sie nur ihre Unterwäsche trugen. Sie gingen an ihnen vorbei und Thorsten grüßte ein paar von den Anwesenden. Dann gingen sie weiter und er zeigte ihr den großen Whirlpool, der Stefanie wirklich sehr gut gefiel. Er war beleuchtet und das blubbernde Wasser lud zum Eintauchen ein. Thorsten wollte ihr aber erst einmal alles zeigen und führte sie weiter. Da gab es dann noch einen Raum, der völlig dunkel war, Stefanie konnte nichts erkennen, hörte aber dafür eindeutige Geräusche und einen Raum, in dem sich zwei Männer von Frauen massieren ließen. Dann waren da noch ein paar weitere Türen und Thorsten erklärte ihr, dass man sich dahin zurückziehen konnte, wenn man alleine mit seiner Begleitung sein wollte. Stefanies Nervosität hatte sich gelegt und sie fand diesen Club richtig spannend. Sie würde als erstes in diesen geilen Whirlpool gehen, nahm sie sich vor. Aber dann war ihre Wäsche nass…

„Zieht man seine Wäsche im Whirlpool aus?“, flüsterte sie Thorsten zu und schämte sich etwas, weil sie nicht so unerfahren wirken wollte.

„Besser ist das.“, antwortete er und grinste.

5

Tobias hatte Nils geantwortet, dass er gerne mit ihm zocken würde und sie hatten sich für den Montag verabredet. Tobias hatte 16 Uhr vorgeschlagen, dann hatte er Feierabend und die Hoffnung, dass er dann Anette nicht begegnen würde.

Als er vor dem modernen, grauen Bungalow stand und klingelte, öffnete ihm Sven die Tür.

„Hi Tobi, komm rein.", sagte Sven und Tobias betrat unsicher die Höhle der Löwen. Er ging durch den großen Flur und betrat das Wohnzimmer. Dieser Raum war imposant, aber kühl. Als erstes fiel einem der gigantische Fernseher auf, der an der Wand hing und davor stand eine graue, moderne Ledercouch mit zwei passenden Sesseln. Außer einem Couchtisch und ein paar großen Vasen, die auf dem gefliesten Fußboden standen, gab es nichts in diesem Raum. Die Zwillinge hatten schon ein Spiel auf ihrer Konsole gestartet und drückten Tobias einen Controller in die Hand. Er setzte sich und das Spiel begann. Es war ein Kriegsspiel und Tobias liebte es. Es war eigentlich erst ab 18 Jahren erlaubt, aber man konnte es sich im Internet „besorgen" und da er sich am PC sehr gut auskannte, hatte er die Vorgängerversion auch schon sehr oft gespielt. Die Jungs spielten und bemerkten nicht, wie die Zeit verging. Tobias schaute auf die Uhr und sah, dass sie schon zwei Stunden gespielt hatten. Jetzt musste er schleunigst nach Hause, wenn er Anette nicht über den Weg laufen wollte. Sie hatte ihn nie gemocht, aber seit die Zwillinge verurteilt worden waren, würde sie ihn wahrscheinlich hassen. Das wollte er nicht testen.

„Ich muss gehen.", sagte er deshalb und stand auf.

„Du kannst ja morgen wieder kommen.", schlug Nils vor.

Tobias wusste nicht, was er von der ganzen Sache halten sollte. Sie waren so nett zu ihm, als wäre nie etwas gewesen und er fand es schön jemanden zum Zocken zu haben. Sonst spielte er immer alleine.

„Ich muss mal schauen.", antwortete er deshalb nur und verließ das Haus.

Der Nachmittag hatte ihm richtig Spaß gemacht und er fand die Beiden auch nicht mehr so schrecklich, wie früher. Seine Kindheit und Jugend hatte er hauptsächlich alleine verbracht, weil die anderen Kinder nichts mit ihm zu tun haben wollten. Er wurde schnell wütend, wenn etwas nicht so lief, wie er es wollte und er konnte das nicht regulieren. Das hatten früher die anderen Kinder, allen voran die Zwillinge, ausgenutzt, um ihm Ärger einzuhandeln. Sie provozierten ihn und er rastete aus. Dafür wurde er dann immer bestraft und mit der Zeit wollten die Eltern der anderen Kinder nicht mehr, dass er mit ihnen spielte. Stefanie musste sehr oft in den Kindergarten kommen und später in die Schule und ihre Bitte um Verständnis, stieß fast immer auf taube Ohren. Durch seinen Autismus hatte er eine niedrige Frustrationsgrenze und konnte seine Emotionen nicht kontrollieren. Er ging jahrelang zur Verhaltenstherapie, aber die half nur bedingt. Er war eben anders als die Anderen…

Johanna erwartete ihn schon und wollte alles wissen.

„Und? Wie war's?", bohrte sie.

„Gut", antwortete Tobias.

„Boah, lass dir doch nicht immer jedes Wort aus der Nase ziehen. Was haben sie gesagt?", bohrte Johanna weiter.

„Wir haben gezockt. Da reden wir nicht…", antwortete Tobias genervt.

„Okay… also seid ihr jetzt „best friends" oder was?", fragte Johanna und das klang jetzt schon etwas eifersüchtig.

„Quatsch", antwortete Tobias nur und ging in sein Zimmer.

Johanna ging schmollend in die Küche und holte sich einen Schokopudding aus dem Kühlschrank. Schokolade war immer gut für die Seele. Die Beiden waren zum ersten Mal über Nacht alleine und so setzte sich Johanna auf die Couch und machte sich den Fernseher an. Sie konnte schauen, was sie wollte und so schaltete sie ihre Lieblingsserie ein.

Tobias hatte sich in seinem Zimmer an den PC gesetzt und noch ein bisschen gespielt. Als er müde wurde und gerade ins Bett gehen wollte, bekam er eine Nachricht von Nils.

„Lust auf Shisha rauchen?"

Tobias überlegte kurz und antwortete dann:

„Klar"

„Dann komm und klingle ja nicht!", schrieb Nils zurück.

Tobias schlich die Treppe herunter, Johanna war schon im Bett, zog sich seine Jacke an und ging schnellen Schrittes zu Nils und Sven. Nils öffnete ihm schon, als er vor der Tür ankam. Sie schlichen die Treppe herunter und als sie in Nils Zimmer kamen, saß da schon Sven und hatte eine Wasserpfeife vor sich stehen. Sie hatte einen blauen, bauchigen Glaskörper, auf dem eine silberne Rauchsäule steckte. Oben drauf war ein silberner Teller befestigt, auf dem mehrere, kleine Kohlestücke lagen, die vor sich hin glühten. Darauf steckte ein kleiner Tonkopf, in dem sich der Tabak befand. Es blubberte, als er an dem Mundstück zog und dann blies er dichten Rauch aus seinem Mund.

„Willst du mal?", fragte Sven und hielt ihm das Mundstück hin. Tobias setzte sich neben Sven und nahm einen Zug aus der Wasserpfeife. Es blubberte wieder, als der Rauch in der Shisha durch das Wasser gezogen wurde und der Rauch schmeckte nach Wassermelone. Tobias gefiel das und obwohl er immer gegen das Rauchen war, fand er Gefallen an der Wasserpfeife.

„Woher hast du die?", wollte Tobias wissen.

„Hat uns ein Kumpel besorgt. Der ist schon 18.", antwortete Sven.

„Cool", sagte Tobias und zog erneut an der Shisha.

„Wir haben ganz viele Tabaksorten. Stehen da.", sagte Nils und zeigte auf sein Regal, in dem mindestens 20 Dosen mit Tabak standen.

„Wow", antwortete Tobias und war schwer beeindruckt. „Und eure Eltern erlauben das?"

„Das ist doch harmlos. Die sind froh, dass wir nicht mehr koksen.", sagte Nils und lachte. Dabei schaute er Sven an und der lachte dann auch.

Sie reichten das Mundstück immer wieder herum und jeder nahm einen Zug, bis nach einer Stunde kein Rauch mehr kam. Dann verabschiedete sich Tobias zum zweiten Mal und ging nach Hause. Er würde das lieber für sich behalten, dachte er sich und schlich in sein Zimmer.

6

Stefanie beschloss, vorher an die Bar zu gehen und sich Mut anzutrinken. Sie setzte sich auf einen freien Barhocker und bestellte sich „Sex on the beach".

Wie passend, dachte sich Stefanie. Thorsten setzte sich neben sie, sie kamen ins Gespräch mit dem Pärchen neben ihnen und nach einiger Zeit war es überhaupt nicht mehr merkwürdig, dass sie in Unterwäsche dort saßen. Stefanie schaute sich immer wieder um und beobachtete die Menschen, die in diesen Club kamen. Es waren ganz normale Leute und hauptsächliche Paare. Man unterhielt sich und aß etwas oder trank etwas leckeres, bevor man sich anderweitig amüsierte. Stefanie nippte an ihrem zweiten Cocktail, als sie plötzlich neben sich eine Stimme hörte, die ihr sehr vertraut war. Sie drehte den Kopf und sah – ihren Exmann Matthias!

Ihr Herz blieb für ein paar Sekunden stehen und ihr Magen machte Purzelbäume. Sie überlegte fieberhaft, was sie tun sollte. Matthias hatte sie noch nicht gesehen und unterhielt sich mit einem Mann, der ungefähr zwei Meter von ihr entfernt saß. Neben ihm stand eine dunkelhaarige Frau, die einen perfekten Körper hatte. Sie war gebräunt und hatte einen String und ein Oberteil an, das wirklich nur das Nötigste bedeckte.

Ihre Brust war üppig und knackig. *Wenn die echt sind, fress ich einen Besen*, dachte sich Stefanie. Die Frau ging sich mit der Hand durch ihre lange, lockige Mähne und Stefanie fühlte eine tiefe Abneigung. Matthias nahm gerade ihre Hand, als er Stefanie sah.

„Steff, bist du das?", fragte er überrascht. Er kam auf sie zu und zog das Busenwunder mit sich. Sie hätte sich jetzt am liebsten in Luft aufgelöst, aber für eine Flucht war es zu spät.

„Also dich hätte ich hier absolut nicht erwartet.", lachte Matthias und sein Bauch hüpfte dabei hoch und runter.

Du bist dicker geworden Schatzi, dachte sich Stefanie böse.

„Ich dich auch nicht.", antwortete Stefanie mit einem falschen Lächeln.

„Wie geht es dir denn?", fragte er erfreut und die Frau an seiner Hand musterte sie von oben bis unten.

„Gut. Ich bin mit meinem Schatz hier.", sagte Stefanie und legte die Hand auf Thorstens Schulter, der sich bis dahin mit dem Mann neben ihm unterhalten hatte. Er schaute jetzt auf und Stefanie fragend an.

„Mein Exmann Matthias.", sagte sie und schaute Thorsten flehend an. Er verstand sofort.

34

„Hi, ich bin Thorsten.", sagte er locker und nickte ihm zu, während er den Arm um Stefanie legte und sie an sich zog. Dabei entging es Stefanie nicht, dass sein Blick an dem Busenwunder hängen blieb. Beziehungsweise an Teilen von ihr.

„Das ist Tamara.", stellte Matthias die Frau an seiner Hand vor und Tamara lächelte kurz.

Wo hat er die denn gekauft, dachte sich Stefanie bissig. Warum war sie nach all den Jahren noch eifersüchtig? Sie hatten sich fast 10 Jahre nicht mehr gesehen, weil er immer seltener zu Besuch kam, um seinen Sohn zu sehen. Er überwies jeden Monat pünktlich den Unterhalt für Tobias und sie - das war's. Er hatte sie vor 15 Jahren verlassen und sie wollte ihn doch gar nicht zurück!

Tamara flüsterte ihm etwas ins Ohr und er nickte. Dann verschwand sie in Richtung Whirlpool.

„Ich freue mich richtig dich zu sehen, Steff. Ich habe in der letzten Zeit öfters an dich und Tobias gedacht. Ich möchte meinen Sohn mal wiedersehen. Wie alt ist er jetzt? 12?", fragte Matthias.

„Tobias ist 16! Und er hätte seinen Vater in den letzten Jahren sehr gebraucht. Aber du hattest ja wichtigeres zu tun.", sagte Stefanie und schaute Tamara nach.

„16 schon? Wahnsinn wie die Zeit vergeht. Wohnst du noch in Engelau? Ich komme in den nächsten Tagen mal vorbei. Was meinst du?", fragte Matthias lächelnd.

Hatte der einen Knall? Er hatte sich jahrelang nicht blicken lassen und wusste noch nicht einmal wie alt sein Sohn ist und jetzt tat er so, als wären sie gute alte Freunde.

„Ich glaube deine bessere Hälfte wartet auf dich.", sagte Stefanie gelassen und drehte sich zum Barkeeper um. Matthias wartete noch kurz und ging dann ebenfalls in Richtung Whirlpool.

Na toll, da wollte ich gleich hin, dachte sich Stefanie wütend. Aber das wäre das Letzte, was sie jetzt wollte - mit Tamara zusammen baden…

Sie bestellte sich noch einen großen Cocktail und trank ihn viel zu schnell aus. So langsam spürte sie die Wirkung des Alkohols und fühlte sich frei und hemmungslos. Sie drehte sich zu Thorsten um und wollte ihm gerade etwas erzählen, da sah sie, dass er nicht mehr da war. Wo war er hin?

Sie kletterte von dem Barhocker und ging leicht schwankend zum Whirlpool. Sie blieb im Türrahmen stehen und sah Thorsten mit Tamara knutschend im Wasser. Matthias war nicht dabei. Überrascht blieb sie stehen und starrte auf die Beiden. Sie bemerkten sie nicht, weil sie damit beschäftigt waren, ihre Körper gegenseitig zu erforschen. Stefanie fühlte sich plötzlich unbehaglich und einsam. Sie ging durch die schummerigen Gänge und schaute in die Zimmer hinein. Überall waren jetzt Menschen, die sich miteinander vergnügten und Stefanie spürte, dass sie keinen Sex mit einem Fremden haben wollte. Wäre sie mit ihrem Partner hier, dann hätte sie die Gelegenheit gerne genutzt und sich mit ihm auch an dem einen oder anderen Ort vergnügt. Aber mit einem Fremden wollte sie es nicht. Sie ging zu dem Raum, wo man sich massieren lassen konnte, aber alle Liegen waren besetzt und es sah so aus, als würde das noch dauern. So ging sie zurück zur Bar und verspürte plötzlich den Drang ins Hotel zu wollen. Sie schwankte zur Umkleide, zog sich etwas mühsam an und verließ den Club. Vor der Tür wurde ihr bewusst, dass sie ein Taxi brauchte und so holte sie ihr Handy aus der Tasche.

Oh nein, Akku leer, stellte Stefanie genervt fest. Dann laufe ich eben, dachte sich Stefanie und taumelte Richtung Tor. Als sie auf der Straße war, wurde ihr doch mulmig und sie versuchte schneller zu gehen. Hätte sie doch im Club ein Taxi gerufen. Aber sie wollte nur noch weg und sie würde schon irgendwie ins Hotel kommen.

Sie torkelte über den Bürgersteig und sah in der Ferne die roten Leuchtreklamen. Dort muss ich hin, dachte sich Stefanie und ärgerte sich, dass sie so viel getrunken hatte. Plötzlich kam ein Auto vorbei, ein Mann stieg aus und entriss ihr die Handtasche. Sie nahm alles nur in Zeitlupe war und hatte keine Möglichkeit, den Dieb daran zu hindern. Das Auto fuhr davon und Stefanie schimpfte vor sich hin.

„Dieser miese Drecksack. Verdammt nochmal. Wo bin ich hier überhaupt?"

Sie schwankte weiter vorwärts und kam in die zwielichtige Gegend. Jetzt standen sehr viele leicht bekleidete Damen auf der Straße und sie wurde giftig angeschaut. Männer kamen aus Haustüren und schauten sie gierig an. Ich brauche ein Taxi, dachte sich Stefanie und plötzlich lag sie auf dem Bürgersteig. Sie war gestolpert und hatte sich ihren Fuß umgeknickt. Sie blieb auf dem Bürgersteig sitzen, rieb sich den Fuß und versuchte einen klaren Gedanken zu fassen.

„Brauchen Sie Hilfe?", fragte ein Mann, der vor ihr stand. Er war groß, dunkelhaarig und sah verdammt gut aus.

„Ich brauche ein Taxi… aber man hat mir mein Geld geklaut…und mein Fuß tut auch weh…", stammelte Stefanie und der Mann lächelte.

„Was machen Sie denn auch in dieser Gegend?", fragte er kopfschüttelnd und half ihr hoch. „Darf ich sie nach Hause fahren? Wo wohnen Sie denn?"

„Ich wohne heute Nacht in einem Hotel. Aber ich kenne sie doch gar nicht…ich darf nicht zu Fremden ins Auto steigen…", lallte Stefanie.

Der Mann grinste und zog einen Ausweis aus der Tasche. „Das stimmt auch. Aber ich bin Polizist. Bei mir sind sie sicher."

„Okay…dann möchte ich jetzt in mein Bettchen.", lallte Stefanie. Er hakte sie unter und führte sie zu seinem Auto. Nachdem er ihr auf den Beifahrersitz geholfen und sie zum Hotel gefahren hatte, begleitete er sie auch noch bis an die Rezeption. Dort saß jetzt ein junger Mann und wollte ihr erst nicht den Zimmerschlüssel geben, weil sie sich nicht ausweisen konnte. Aber der Polizist regelte das und brachte sie bis zu ihrem

Zimmer. Dort öffnete er ihr die Tür und wünschte ihr eine gute Nacht.

„Darf ich mich morgen früh persönlich davon überzeugen, dass es Ihnen gut geht?", fragte er lächelnd.

„Sie dürfen…", lallte Stefanie, machte ihm die Tür vor der Nase zu und torkelte zu ihrem Bett, auf das sie sich fallen ließ und sofort einschlief.

7

Stefanie erwachte mit Kopfschmerzen und wusste erst gar nicht, wo sie war. Dann fiel ihr alles wieder ein und sie stellte erschrocken fest, dass Thorsten nicht neben ihr lag. Er hätte auch gar nicht ins Zimmer kommen können, da sie den Schlüssel hatte. Wo war er nur? Laut ihrer Armbanduhr war es schon halb acht und um acht Uhr begann das heutige Seminar. Sie sprang aus dem Bett, blieb dann aber stehen, weil sich alles drehte und schlich mühsam ins Bad. Ihr war furchtbar übel und sie schaffte es gerade noch rechtzeitig zur Toilette und übergab sich. Sie putzte sich anschließend gründlich die Zähne und schmiss sich kaltes Wasser ins Gesicht. Zum Duschen und Schminken blieb keine Zeit, auch nicht für Frühstück. Aber sie hatte eh keinen Hunger. Sie zog sich schnell an, machte sich einen Pferdeschwanz und fuhr mit dem Fahrstuhl runter in den Speiseraum. Dort nahm sie sich nur ein Croissant mit und rannte damit eilig zum Seminarsaal. Die Türen waren schon geschlossen und als sie hineinschlich, setzte sie sich auf den nächstbesten freien Stuhl. Sie schaute sich um, ob sie Thorsten irgendwo entdeckte, aber er war nicht da. Wo steckte er denn?

Gegen zehn Uhr kam er dann endlich und setzte sich neben Stefanie auf einen freien Stuhl.

„Wo bleibst du denn und wo warst du heute Nacht?",
fragte Stefanie gereizt.

„Ich habe meine Traumfrau gefunden…", sagte
Thorsten und grinste von einem Ohr zum anderen.

„Im Club? Du meinst doch nicht etwa diese Tamara?",
fragte Stefanie verständnislos.

„Doch. Genau die. Sie ist einfach fantastisch.",
schwärmte Thorsten. Sie hatte ihn noch nie so gesehen
und sie fragte sich gerade, ob er seinen Verstand
verloren hatte.

„Fantastisch in was?", fragte Stefanie spitz und zog
dabei eine Augenbraue hoch.

„Na ja, das kannst du dir schon denken…", sagte er
immer noch grinsend. „Aber sie ist nicht nur geil im
Bett, sie ist auch eine tolle Frau. So stolz und feurig.
Der Wahnsinn…" Thorsten strahlte vor sich hin und
Stefanie wandte sich genervt wieder dem Redner zu.

„Wie war denn dein Abend?", fragte er nach ein paar
Minuten.

„Ganz toll… Ich habe meinen Ex getroffen, mir wurde
meine Handtasche geklaut und ein Polizist hat mich ins
Bett gebracht.", zählte Stefanie gefrustet auf. Da fiel ihr

wieder ein, dass der Polizist richtig süß war und er eigentlich heute Morgen zum Hotel kommen wollte. Schade, jetzt würde sie ihn nie wieder sehen, dachte sie sich. Dabei hatte er ihr gut gefallen.

„Dir wurde deine Handtasche geklaut?", fragte Thorsten verdutzt.

„Erzähle ich dir nachher…", antwortete Stefanie knapp.

Das Seminar wurde um 16 Uhr beendet und Thorsten und Stefanie machten sich wieder auf den Heimweg. Stefanie war noch immer übel und sie hatte, bis auf das Croissant, nichts gegessen. Sie hielten noch bei MC Donalds und aßen einen Cheeseburger. Dabei schaute Thorsten ständig auf sein Handy und schrieb Nachrichten.

„Hallo, ich bin auch noch da!", sagte Stefanie beleidigt.

„Ja, sorry. Aber diese Frau hat mich total geflasht. Ich glaube, ich habe mich verliebt.", sagte Thorsten freudestrahlend.

Stefanie schaute ihn entgeistert an. Thorsten hatte sich verliebt? Der Mann, der sich nach seiner Scheidung nie wieder binden wollte? Und ausgerechnet in diese Tamara mit ihren künstlichen Hupen, dachte sich

Stefanie erbost. Die hatte ihn wohl um den Verstand gevögelt, anders konnte sie sich das nicht erklären.

„Können wir noch an einer Polizeiwache halten? Ich muss eine Anzeige machen, wegen meiner gestohlenen Handtasche.", unterbrach Stefanie seine Traumreise.

„Ach ja, wie ist das denn passiert?", fragte Thorsten interessiert. Stefanie erzählte ihm die ganze Geschichte und Thorsten schaute sie mit großen Augen an.

„Da hast du großes Glück gehabt, dass dir nichts passiert ist! Oh man und ich habe nicht auf dich aufgepasst…", sagte Thorsten schuldbewusst.

„Mir ist ja nichts passiert und da war ja auch der nette Polizist.", sagte Stefanie und lächelte.

„Na komm, dann fahren wir mal schnell zur Polizei und suchen deinen Retter…", sagte Thorsten und lachte.

Sie schauten im Internet nach, wo die nächste Polizeiwache war und fuhren hin. In der Wache saßen mehrere Polizisten, aber den netten Polizisten von letzter Nacht konnte Stefanie nicht entdecken. Sie gab ihre Anzeige auf und man machte ihr wenig Hoffnung, dass sie ihre Handtasche zurückbekam. Enttäuscht und müde fuhr sie nach Hause und als Stefanie ihr Haus betrat, machte sie sich erst einmal einen starken Kaffee an ihrem Kaffeevollautomaten.

Sie setzte sich auf ihre Couch und dachte über die letzten 36 Stunden nach. Waren das zwei aufregende Tage gewesen. Auch wenn sie sich jetzt ein neues Handy besorgen und all ihre Papiere neu beantragen musste, sie hatte etwas erlebt. Gut, ihren Ex hätte sie nicht unbedingt treffen müssen, aber dass Thorsten ihm sein Busenwunder ausgespannt hatte, amüsierte sie ungemein. Was die bloß an ihr fanden. Sie schüttelte verständnislos ihren Kopf und trank ihren Kaffee aus. Da klingelte es an ihrer Haustür. Stefanie stand auf und dachte, dass das bestimmt Elke wäre, die neugierig war, wie ihre Dienstreise mit Thorsten verlaufen war. Aber als sie die Tür öffnete, stand der Polizist von letzter Nacht davor. Stefanies Herz überschlug sich.

„Entschuldigen Sie bitte, dass ich Sie hier so überfalle, aber ich musste mich doch vergewissern, dass es Ihnen gut geht.", sagte er lächelnd.

„Oh... das ist aber sehr aufmerksam von Ihnen.", sagte Stefanie und spürte, dass sie errötete. „Möchten Sie rein kommen?"

„Wenn ich darf...", sagte er und betrat ihr Haus. „Ihre Außenbeleuchtung ist kaputt."

„Ich weiß. Ich muss eine neue Glühbirne kaufen…Möchten Sie einen Kaffee haben?", fragte sie und hoffte, dass er ihr Herz nicht hören konnte, das laut in ihrer Brust schlug.

„Wenn es keine Umstände macht, gerne.", antwortete er und ging ins Wohnzimmer.

Stefanie machte schnell einen Kaffee mit ihrem Kaffeevollautomaten und kam dann mit der Tasse zurück ins Wohnzimmer. Er hatte sich gesetzt und stand jetzt auf, als sie das Zimmer betrat.

„Ich habe mich noch gar nicht vorgestellt. Mein Name ist Jan Brosewski."

„Ich heiße Stefanie, Stefanie Reimann", sagte sie nervös. Es war lange her, dass sie sich so gefühlt hatte und sie wusste nicht, ob es an ihrem Kater oder an ihm lag, dass ihr Magen rumorte. Er sah so verdammt gut aus und sie hatte lange keinen Mann mehr kennengelernt, der sie so verunsicherte. Sein markantes Gesicht mit dem 3-Tage-Bart wirkte so herrlich männlich.

„Ich weiß…Sehr angenehm, Frau Reimann.", sagte er lächelnd und seine Augen tauchten in ihre ein. Es war ihr schon fast unangenehm, wie intensiv er sie ansah.

„Woher wissen sie eigentlich meinen Namen und wo ich wohne?", fragte Stefanie, nachdem sich ihr Verstand wieder gemeldet hatte.

„Oh, nachdem ich stundenlang in der Lobby auf sie gewartet habe, habe ich mit der netten Dame am Hotelempfang gesprochen. Ich kann sehr überzeugend sein!", sagte er mit einem verschmitzten Lächeln.

„Sie haben stundenlang auf mich gewartet?", fragte Stefanie entsetzt.

„Nein…", lachte er. „Vielleicht eine…" Dabei zwinkerte er ihr zu. „Und in meinem Job kann man mit einem Namen schon recht viel anfangen…"

„Warum machen Sie sich solche Mühe?", fragte Stefanie geradeheraus.

„Das kann ich Ihnen sagen, ich finde sie bezaubernd.", sagte Jan in einem sanften Ton.

Stefanies Magen rumorte wieder und ihr Herz klopfte so laut, dass er es hören musste.

Ein Lächeln breitete sich auf ihrem Gesicht aus, das gar nicht aufhören wollte. Jan lächelte auch und blickte ihr wieder tief in die Augen. Dann schaute er sich im Wohnzimmer um und fragte:

„Wohnen Sie hier ganz alleine?"

„Nein. Ich habe einen Sohn. Tobias, er ist 16.",
antwortete Stefanie und schon war dieses Grinsen
wieder da. Er stand auf und schaute sich Fotos an, die
an der Wand hingen. Dort waren mittlerweile nur noch
Fotos von ihr und Tobias. Matthias hatte sie schon
lange abgehangen.

„Ein hübscher Junge. Er kommt ganz auf seine
Mutter.", sagte er mit einem Blick auf Stefanie.

„Oh danke…", antwortete Stefanie verlegen.

„Ich muss jetzt leider wieder fahren, meine Schicht
fängt gleich an und ich wollte mich ja eigentlich nur
davon überzeugen, dass es Ihnen gut geht." sagte er
augenzwinkernd. „Darf ich wiederkommen?" Er kam
auf sie zu und stand jetzt direkt vor ihr. Ein Kribbeln
machte sich in ihrem ganzen Körper breit, als er so vor
ihr stand, besonders in der unteren Region…

Puuhh…ihr wurde plötzlich so heiß und am liebsten
hätte sie sich auf ihn gestürzt und ihn leidenschaftlich
geküsst.

Schmeiß dich ihm nicht an den Hals!, sagte Stefanie zu
sich selbst. Lass ihn den ersten Schritt machen!

Er aber reichte ihr die Hand und sie legte ihre Hand in die seine. Da führte er ihre Hand zu seinem Mund und küsste ihren Handrücken.

„Bis bald…", sagte er, drehte sich um und ging zur Tür. Als er das Haus verlassen hatte, musste sich Stefanie erst einmal sammeln. Konnte das wirklich wahr sein? Gab es solche galanten Männer noch? Die Anstand und gutes Benehmen hatten? Sie konnte ihr Glück gar nicht fassen und musste sofort Elke anrufen. Sie ging zu ihrem Festnetztelefon und wählte Elkes Nummer. Sie ging nach ein paar Mal klingeln dran.

„Nanu, du rufst auf meinem Festnetz an? Na, wie wahr deine Reise?", fragte Elke neugierig.

„Wo soll ich anfangen…?" Stefanie erzählte ihr die ganze Geschichte und Elke hatte schweigend zugehört. Als sie fertig war, holte Elke tief Luft und sagte:

„Du warst doch nur eine Nacht weg? Oh man, du erlebst Sachen… Ja und, wann seht ihr euch wieder? Hast du seine Telefonnummer?"

„Nein.", antwortete Stefanie enttäuscht. „Mist, daran habe ich überhaupt nicht gedacht. Ehrlich gesagt, habe ich überhaupt nicht denken können… Der Mann ist so toll Elke…", schwärmte Stefanie.

„Hat er denn etwas von sich erzählt?", fragte Elke interessiert.

„Er war ja nur kurz hier.", räumte Stefanie ein. „Er wollte nur schauen, ob es mir gut geht…", sagte sie immer noch ganz berauscht.

„Dann bin ich mal gespannt, wann er sich wieder meldet…", sagte Elke argwöhnisch und Stefanie konnte sich des Eindrucks nicht erwehren, dass Elke merkwürdig reagierte. *Vielleicht hat sie Angst, dass ich dann nicht mehr so viel Zeit für sie habe, wenn ich wieder liiert bin*, dachte sich Stefanie und hatte das Bedürfnis ihre Freundin zu beruhigen.

„Vielleicht meldet er sich ja auch gar nicht mehr…", sagte Stefanie deshalb und wechselte das Thema. „Ich brauche jetzt erst einmal ganz schnell ein neues Handy!"

„Ich habe noch eins, das kannst du erst einmal haben. Dann brauchst du nur noch eine neue Sim-Karte.", bot Elke ihrer Freundin an und Stefanie nahm dieses Angebot dankend an.

8

Tobias hatte am PC gespielt, als er die Türklingel hörte
und da er seine Mutter hatte kommen hören, sah er
keine Veranlassung zur Tür zu gehen. Dann hörte er
eine fremde Männerstimme im Haus, dachte sich aber
nichts dabei. Er verspürte Durst, stand deshalb auf, um
in die Küche zu gehen und traf dort auf seine Mutter.
Als sie ihn sah, kam sie auf ihn zu und umarmte ihn. Er
wand sich aus der Umarmung, weil er das nicht mochte.

„Wer war das eben?", fragte er stattdessen und holte
sich eine Flasche Coke aus dem Kühlschrank.

„Ein Mann, den ich kennengelernt habe.", antwortete
Stefanie lächelnd.

„Was wollte er hier?", bohrte Tobias nach.

„Mich besuchen!", erwiderte Stefanie immer noch
lächelnd.

„Aha…", sagte Tobias missmutig. „Will der was von
dir?"

„Ich hoffe ja.", antwortete Stefanie und lachte.

„Der zieht aber nicht hier ein!", sagte Tobias schroff.
Seine Mutter schaute ihn verdutzt an.

„Ich habe ihn doch gerade erst kennengelernt!", protestierte sie. „Aber ich würde mir schon wünschen, dass es wieder einen Mann in meinem Leben gäbe…"

„Warum?", fragte Tobias genervt.

„Weil ich nicht alleine sein möchte Tobias. Verstehst du das nicht?" Stefanie legte ihre Hand auf seine Schulter und er zuckte zurück.

„Du bist doch nicht alleine. Du hast doch mich!", erwiderte er trotzig, drehte sich um und ging zurück in sein Zimmer.

Tobias brauchte seine Ruhe und so gerne er Johanna hatte, war es für ihn sehr nervig gewesen, als sie nach dem Tod ihrer Mutter plötzlich hier wohnte. Dann zog auch noch Elke und ihr Sohn Maximilian bei ihnen ein, weil sich die Beiden vor Andreas, Elkes verstorbenen Mann, verstecken mussten. Er war froh, dass das vorbei war, weil Maximilian bei ihm im Zimmer geschlafen hatte. Außerdem war das Bad ständig besetzt gewesen und er musste Ewigkeiten warten, bis er hinein konnte. Für ihn war es purer Stress, wenn mehrere Menschen um ihn herum waren und er genoss es alleine zu sein. Das erdete ihn und gab ihm Kraft. Er hatte eine sehr enge Bindung zu seiner Mutter und konnte sich auch nicht vorstellen, jemals getrennt von ihr zu sein. Er verstand nicht, warum jemand von Zuhause ausziehen sollte, wenn er erwachsen war. Es ging ihm doch gut hier und mehr brauchte er nicht. Die Ausbildung, die er machte, forderte ihn sehr und er hatte hier und da das Bedürfnis weg zu laufen, so wie er es in der Schulzeit oft getan hatte, wenn zu viele Menschen um ihn herum waren. Sein Chef war ein verständnisvoller Mann und ließ ihn, wenn es Tobias zu viel wurde, kurz raus gehen, um runter zu kommen. Nach ein paar Minuten ging es dann meist wieder und er kehrte an seinen Arbeitsplatz zurück. Das würde nicht jeder Betrieb mitmachen, aber Stefanie hatte direkt mit offenen Karten gespielt und seinen Autismus nicht verschwiegen. Sie hatten Glück, der Betriebsleiter hatte selbst einen Autisten in der Familie und deshalb Verständnis für Tobias.

Tobias saß am PC und fluchte. Johanna kam rein und schaute ihn verdutzt an.

„Was ist denn los?", fragte sie und setzte sich bei ihm aufs Bett.

„Nichts.", sagte er wütend.

„Dafür bist du aber ganz schön sauer.", foppte sie ihn.

„Meine Mutter hat einen Typen kennengelernt…", sagte er nach einer kurzen Weile.

„Ja und? Das ist doch schön!", sagte Johanna erfreut.

„NEIN. Das ist nicht schön! Ich will hier keinen Mann im Haus haben!", erwiderte Tobias wütend.

„Hat sie denn davon gesprochen?", fragte Johanna irritiert.

„Nein. Aber ich habe es direkt klar gestellt.", sagte Tobias trotzig.

„Gut…", sagte sie und warf sich nach hinten auf das Bett. „Ich will hier auch keinen Typen im Haus!"

In den nächsten Tagen meldeten sich die Zwillinge öfters bei Tobias und luden ihn zum Zocken oder zum Shisha rauchen ein. Er versuchte es immer zu vermeiden ihren Eltern zu begegnen, aber manchmal traf er dennoch auf Anette. Dann war sie äußerst reserviert und kühl ihm gegenüber oder sie tat so, als wäre er gar nicht da. Da er sich jedoch die meiste Zeit bei den Jungs im Zimmer aufhielt, war ihm das relativ egal.

Tobias war immer noch vorsichtig, aber er konnte nichts am Verhalten der Zwillinge entdecken, was auf Rache deutete. Im Gegenteil, sie behandelten ihn wie einen Freund. Das gefiel Tobias gut, nur Johanna war nicht begeistert davon. Sie traute den Beiden nicht über den Weg und wollte Tobias davon abbringen den Kontakt zu eng werden zu lassen. Dann bekam Tobias eine Nachricht von Nils, dass sie nach Köln in eine Shisha Bar fahren wollten und ob er Lust hätte mitzukommen. Tobias war noch nie in Köln gewesen und hatte große Lust darauf. Er wusste, dass der Besuch einer Shisha Bar erst ab 18 Jahren erlaubt war, aber er hatte so viel darüber von den Zwillingen gehört, dass er es mit eigenen Augen sehen wollte. Er war für seine 16 Jahre sehr groß und viele Leute hielten ihn schon für älter, deshalb hoffte er, dass er nicht kontrolliert werden würde. Seiner Mutter erzählte er, dass er mit Johanna ins Kino gehen würde und Johanna hatte er gebeten mit nach Köln zu fahren. Sie hatte missmutig eingewilligt, aber wollte ihn auch nicht alleine mit den Beiden fahren lassen. So liefen sie an dem Abend zu den Zwillingen Nils und Sven und warteten an der Straßenecke auf die Beiden. Nils hatte geschrieben, dass ein Kumpel sie fahren würde. Ein neuer Audi kam angefahren und Nils, der auf dem Beifahrersitz saß, machte die Scheibe herunter.

„Kommt, steigt ein."

Tobias und Johanna stiegen in den Audi ein und setzten sich hinten neben Sven. Der Fahrer war ein junger Mann, der osteuropäisch aussah.

„Das ist Boris.", stellte Nils ihn vor. Tobias sah im Rückspiegel, dass Boris ihn beobachtete und er fühlte sich plötzlich unwohl. Johanna nahm seine Hand und er drückte sie. Sie fuhren auf die Autobahn und Boris fuhr sehr schnell Richtung Köln. Während der Fahrt sprachen Tobias und Johanna kaum, sondern hörten nur zu, worüber die anderen sich unterhielten.

„Woher kennt ihr Boris?", fragte Tobias Sven leise, der neben ihm saß.

„Wir haben ihn im Jugendarrest kennengelernt.", antwortete Sven.

„Weswegen saß er ein?", wollte Tobias wissen.

„Ich saß wegen Drogenhandel und Körperverletzung im Knast.", antwortete stattdessen Boris, der Tobias hatte hören können.

„Okay…", sagte Tobias nur.

Johanna drückte die Hand von Tobias fester. *Hätte er doch auf Johanna gehört,* dachte sich Tobias. Sie waren angekommen und Boris meinte, dass sie schon mal aussteigen sollten, er würde einen Parkplatz suchen. Die Vier betraten die Shisha Bar und suchten sich einen freien Tisch. Es war schon ziemlich voll hier und der Raum war erfüllt von süßem Tabakrauch, der unter der Decke hing. An jedem Tisch saßen junge Leute, die eine Wasserpfeife auf dem Tisch stehen hatten und abwechselnd den Rauch aus dem Mundstück einatmeten. Tobias hörte das typische Blubbern und sah in der Ecke des Zimmers einen riesigen Fernseher an der Wand hängen. Mehrere junge Leute hatten Controller in der Hand und spielten ein Computerspiel. Tobias fand die Bar faszinierend.

Sie setzten sich an einen Tisch im hinteren Bereich der Bar, wo sie nicht so beobachtet werden konnten. Ein junges Mädchen kam an ihren Tisch und fragte sie, was sie trinken und essen wollten. Tobias und Johanna bestellten sich Coke und Nachos. Die Bedienung fragte sie außerdem, welchen Tabakgeschmack sie in ihrer Wasserpfeife haben wollten und sie entschieden sich für Berry Mint. Nach ein paar Minuten brachte sie ihnen eine große Wasserpfeife mit einem roten Glasgefäß. Die Getränke und das Essen folgten kurz danach. Boris erzählte ihnen von seiner Heimat Bulgarien und wie er vor vier Jahren nach Deutschland gekommen war. Er hatte damals mit seiner Mutter Bulgarien verlassen, weil es dort keine Arbeit gab und sie Hunger leiden mussten. Seine Mutter ging putzen und er lungerte den ganzen Tag auf der Straße herum. So war er auf die schiefe Bahn geraten und hatte sich Geld mit Drogenverkauf verdient. Die Polizei erwischte ihn und er musste für ein Jahr ins Gefängnis. Tobias hörte aufmerksam zu und beobachtete Boris.

„Und wovon lebst du jetzt?", fragte er ihn.

„Ich kaufe und verkaufe…", antwortete Boris knapp.

„Und was?", bohrte Tobias nach.

„Was sich gerade so ergibt…", erwiderte Boris erneut knapp.

Tobias begriff, dass Boris nichts preisgeben wollte und stellte keine Fragen mehr. Sie unterhielten sich über Spiele und über Autos und rauchten ihre Wasserpfeife, bis Nils auf seine Uhr schaute.

„Wir müssen langsam nach Hause, es ist schon 23 Uhr."

„Schon?", fragte Tobias erschrocken. Die Zeit verging viel zu schnell und er hatte den Abend sehr genossen.

„Wir kommen bald wieder.", sagte Sven und grinste Tobias an. Dann holte Boris das Auto und sie fuhren nach Hause.

9

Stefanie hatte mehrere Tage gewartet, aber Jan hatte sich nicht mehr gemeldet. Sie wurde von Tag zu Tag trauriger und fragte sich, warum er dann überhaupt zu ihr gekommen war. Vielleicht hatte er bemerkt, dass sie doch nicht sein Typ war oder vielleicht hatte er an die Entfernung gedacht. Auf jeden Fall verlor sie jeden Tag mehr die Hoffnung, dass er sich noch melden würde. Thorsten war seit ihrem Ausflug nach Köln wie umgewandelt. Er lief nur noch mit seinem Handy in der Hand herum und vergaß sogar ihr morgendliches Croissant zu kaufen. Stefanie fand sein Verhalten unerträglich und war froh, wenn sie mittags nach Hause gehen konnte. Sie machte sich gerade etwas zu essen, als es an der Tür klingelte. Wer konnte das sein?

Stefanie ging zur Tür und öffnete sie. Vor der Tür stand Jan.

„Oh, Herr Brosewski.", sagte Stefanie überrascht.

„Darf ich reinkommen?", fragte er lächelnd.

„Ja sicher. Entschuldigung. Kommen Sie bitte rein", sagte sie verlegen. Jan ging an ihr vorbei ins Wohnzimmer und blieb dort stehen.

„Setzen Sie sich doch bitte. Möchten Sie etwas trinken oder essen? Ich habe gerade etwas gekocht.", sagte Stefanie und ärgerte sich, dass sie so aufgeregt war. Sie hatte sich jeden Tag vorgestellt, wie sie reagieren würde, sollte er doch noch vorbei kommen. Jedes Mal war sie besonders lässig gewesen oder cool, aber nun war sie alles andere als lässig oder cool.

„Nein danke, ich habe alles was ich brauche.", antwortete er und schaute sie dabei intensiv an.

Ihr Herz schlug ihr sofort bis zum Hals. Wie machte er das nur?

„Ich muss mich bei Ihnen entschuldigen.", sagte er mit einem bedrückten Gesichtsausdruck. „Ich hatte sehr viel zu tun und es war mir leider unmöglich zu Ihnen zu kommen. Sie glauben gar nicht, wie oft ich an Sie denken musste."

Stefanie wurde wieder ganz heiß. Er hatte an sie gedacht! Er hatte sie nicht vergessen!

„Das verstehe ich doch. Sie sind Polizist und da hat man nicht pünktlich Feierabend.", sagte Stefanie und schaute verlegen zu Boden.

„Wir hatten mehrere Razzien in Köln und dann sind wir tagelang im Dienst. Viele Kollegen haben Urlaub

oder sind krank und so musste ich einspringen.",
erklärte er ihr.

„Ich verstehe das wirklich.", beschwichtigte sie ihn und
schaute ihm in seine braunen Augen. Er lächelte jetzt.

„Dann bin ich sehr beruhigt. Ich hatte schon die
Befürchtung sie sind mir böse.", erwiderte er mit einem
charmanten Lächeln.

Ich dir böse? Wie könnte ich dir böse sein?, dachte sich
Stefanie glückselig.

„Nein, bin ich nicht.", versicherte sie und lächelte ihn
ebenfalls an.

„Danke Stefanie.", sagte er und nahm ihre Hand. Sie
schauten sich eine Weile an, dann sagte er: „Ich möchte
dich besser kennenlernen. Ich würde gerne bei nächster
Gelegenheit mit dir essen gehen?"

„Sehr gerne.", antwortete Stefanie strahlend.

Küss mich, dachte sie. Küss mich doch endlich. Aber er
küsste sie nicht, sondern hielt nur ihre Hand und
schaute sie charmant lächelnd an.

„Wo ist eigentlich der Vater deines Sohnes?"

Stefanie holte tief Luft und dann erzählte sie ihm von Matthias. Wie sie zusammen das Haus bezogen hatten, nachdem ihre Eltern bei einem Autounfall ums Leben gekommen waren. Dass sie sich das Leben mit einem Kind so wunderbar vorgestellt hatte und dann alles anders kam. Matthias beruflich nach Berlin musste, dort Angela kennengelernt und sie verlassen hatte, da war Tobias gerade ein Jahr alt. Dann die Probleme mit Tobias, im Kindergarten, in der Schule, die Diagnose Autismus…

Jan hatte die ganze Zeit interessiert zugehört und sie nicht unterbrochen. Als sie fertig war, sagte er zuerst nichts, sondern schaute zu Boden. Dann schaute er sie an und nahm wieder ihre Hand.

„Wie kann er dich nur verlassen? Und seinen eigenen Sohn? Du bist eine so wunderbare Frau und er hat dich überhaupt nicht verdient!"

Stefanie taten seine Worte gut und sie fühlte sich sehr zu ihm hingezogen. Er war so einfühlsam und verständnisvoll, das hatte sie lange nicht erlebt. Er führte ihre Hand zu seinem Mund und küsste ihre Fingerspitzen. Ein Kribbeln durchzog ihren ganzen Körper. Wie gerne würde sie seine Lippen spüren und seine starken Arme um sich fühlen. Wenn er sie doch nur in den Arm nehmen würde. Aber sie wollte nicht den ersten Schritt machen, sondern es langsam angehen lassen.

„Und du? Du bist auch Single?", fragte sie stattdessen.

„Ja, ich bin wie du geschieden, habe aber leider keine Kinder. Ich hatte mir immer einen Sohn gewünscht, jedoch war es mir nicht vergönnt. Meine Exfrau konnte das Leben mit einem Polizisten nicht mehr ertragen. Sie sagte, ich wäre zu engagiert. Aber ich bin eben mit Leib und Seele Bulle.", sagte er melancholisch.

„Das finde ich sehr traurig. Wir können doch froh sein, dass es Menschen gibt, die sich für unsere Sicherheit einsetzen! Sie hätte stolz auf dich sein sollen!", sagte Stefanie und schaute ihn mitfühlend an. „Wie lange wart ihr verheiratet?"

„15 Jahre…", antwortete er und streichelte ihre Hand. „Lass uns nicht mehr von ihr reden! Ich möchte viel lieber noch mehr von dir erfahren…"

„Was möchtest du wissen?", fragte sie lächelnd.

„Was machst du beruflich? Oder hast du im Lotto gewonnen und hast es nicht nötig zu arbeiten?", sagte er lachend.

„Leider nein…", lachte sie auf. „Ich arbeite bei einem Steuerberater. In keinster Weise ein so aufregender Beruf wie deiner." *Es sei denn, man fährt auf ein Seminar nach Köln*, ging es ihr durch den Kopf und sie errötete. Er bemerkte das und sah sie erstaunt an.

„Gibt es da noch etwas, was sie mir erzählen wollen, Frau Reimann?", sagte er in einem bewusst strengen Ton und schaute ihr tief in ihre Augen. Stefanie wusste nicht warum, aber sie hatte plötzlich das Bedürfnis ihm alles zu erzählen.

Sie erzählte von dem Seminar und von dem Club und warum sie betrunken durch Köln gelaufen war und er schaute sie erstaunt an.

„Du warst in einem Swingerclub? Jetzt bin ich wirklich überrascht…"

Warum kannst du nicht einfach deine Klappe halten, fuhr es ihr durch den Kopf. *Was soll er denn jetzt von dir denken? Der hält dich jetzt für ein Flittchen. Oh man Stefanie. Du bist so doof*, dachte sie sich.

„Ich meine das nicht negativ! Ich bin beeindruckt!", setzte er fort. „Aber zukünftig möchte ich dich in solchen Situationen beschützen." Jetzt beugte er sich vor und küsste sie vorsichtig auf den Mund. Sie erwiderte den Kuss sehnsüchtig und dann nahm er sie in den Arm und küsste sie leidenschaftlich. Sie hatte das Gefühl, sie würden verschmelzen, so intensiv küssten sie sich. So hatte sie zuletzt als Teenager geküsst und es war besser als Sex, soweit sie sich erinnern konnte. Zumindest vorerst…

Nach einer gefühlten Ewigkeit lösten sie sich voneinander und Jan machte sich auf den Heimweg. Ein paar Minuten später hatte sie schon eine Nachricht auf ihrem neuen Handy.

„Du bist wunderbar!"

10

Tobias hing jetzt immer öfter mit Nils, Sven und Boris herum und fast jedes Wochenende fuhren sie in die Shisha Bar in Köln. Boris hatte ihnen gefälschte Ausweise besorgt und so brauchten sie auch keine Sorge haben, dass sie Ärger mit dem Besitzer bekamen. Sie gehörten bald zu den Stammgästen und Tobias fühlte sich akzeptiert und respektiert. Ihr Tisch wurde samstags immer für sie frei gehalten und die Bedienung brauchte gar nicht mehr zu fragen, was sie trinken oder welchen Tabak sie rauchen wollten. Für Tobias war das alles sehr neu und er genoss dieses Gefühl der Zugehörigkeit. Johanna fuhr am Anfang oft mit, aber sie mochte diesen Boris nicht und blieb deshalb immer öfter zu Hause. Tobias störte das nicht besonders, weil er sich eh von ihr kontrolliert fühlte.

Seiner Mutter erzählte er davon natürlich nichts. Sie sollte nicht wissen, dass er wieder Kontakt mit den Zwillingen hatte und von Boris durfte sie erst Recht nichts wissen. Sie würde ausrasten, wenn sie wüsste, dass er Kontakt zu Ex-Häftlingen hätte. Ihm aber gab genau das ein Gefühl von Sicherheit. Seine Mutter bekam von all dem nichts mit. Unter Anderem weil sie im Moment sehr damit beschäftigt war, diesen Polizisten zu treffen, was ihm ein Dorn im Auge war.

Er kam jetzt immer öfters vorbei und benahm sich schon, als wäre er zu Hause. Es nervte Tobias, dass er sich in Entscheidungen einmischte, die nur ihn und seine Mutter betrafen und er immer seine Meinung zu allem äußerte. Seine Mutter aber war begeistert von ihm und gab ihm oft Recht. Er ging dann meistens in sein Zimmer, um seine Ruhe vor ihnen zu haben. Tobias hatte nie wirklich einen Vater gehabt und brauchte auch keinen. Seine Mutter reichte ihm völlig.

Er saß mit Boris und den Zwillingen in der Bar und zog an der Wasserpfeife. Boris hatte ihnen gerade Fotos von seinem neuen BMW gezeigt und die Jungs hingen begeistert an seinen Lippen. Sie bekamen deshalb nicht mit, dass mehrere Polizisten die Shisha Bar betreten hatten und sich verteilten, um die Anwesenden zu kontrollieren. Als plötzlich ein Polizist an ihrem Tisch stand und ihre Ausweise sehen wollte, erschrak Tobias. Jan stand vor ihm.

„Tobias? Was machst du hier?", sagte Jan erbost.

„Ich…äh….ich bin mit meinen Freunden hier.", versuchte sich Tobias zu rechtfertigen.

„Du bist 16 und hast hier nichts zu suchen! Weiß deine Mutter davon?", sagte Jan streng.

„Nein…", antwortete Tobias kleinlaut und ärgerte sich über die Art, wie Jan mit ihm sprach. Boris schaute abwechselnd von Tobias zu Jan und man konnte sehen, dass die Situation ihm gar nicht gefiel. Die Zwillinge saßen ganz still da und schauten betreten zu Boden.

„Komm mit nach draußen!", befahl Jan und ging voran. Tobias überlegte, was er tun sollte. Es war ihm äußerst peinlich, dass Jan ihn wie ein Kind vor seinen Freunden behandelte, aber er wusste auch, dass er mächtigen Ärger bekommen konnte. Also stand er auf und ging Jan hinterher nach draußen.

„Jetzt hör mir gut zu", fing Jan an, sobald Tobias vor der Bar neben ihm stand. Er schaute ihn zornig an. „Ich mache das nur für deine Mutter, nicht für dich! Am liebsten würde ich dich für eine Nacht in eine Zelle sperren, damit du Zeit hast, darüber nachzudenken, was du deiner Mutter antust. Sie tut alles für dich und du machst hier so eine Scheiße! Aber sie hat genug Sorgen…"

„Und das heißt was?", fragte Tobias trotzig.

„Dass ich dich jetzt nach Hause fahren werde und du deiner Mutter beichten wirst, was du hier heimlich machst.", antwortete Jan streng. „Ich sage eben meinen Kollegen Bescheid und komme gleich wieder. Und wehe, du stehst dann nicht mehr hier!" Jan warf Tobias einen Blick zu, der Tobias zusammenzucken ließ.

„Okay…", antwortete Tobias eingeschüchtert. Er wusste nicht was schlimmer war - Die Blamage vor seinen Freunden oder das Donnerwetter, was ihn zu Haus erwartete…

Auf der Rückfahrt im Streifenwagen redete Jan kein Wort mit Tobias und so fühlte es sich für Tobias wie eine Ewigkeit an, bis sie endlich vor seiner Haustür ankamen. Jan klingelte und kurz darauf öffnete seine Mutter die Tür. Sie schaute irritiert, als sie Jan und Tobias erblickte.

„Was ist passiert?", fragte sie besorgt.

„Das besprechen wir lieber drinnen.", sagte Jan und ging mit Tobias ins Wohnzimmer. Er hielt dabei seinen Arm fest und Tobias fühlte sich dabei sehr vorgeführt.

„Tobias, was hast du angestellt?", fragte seine Mutter ihn vorwurfsvoll, nachdem sie sich alle gesetzt hatten.

„Ich habe ihn in einer Shisha Bar in Köln aufgegriffen. Ich konnte ihn gerade noch vor den Kollegen in

Sicherheit bringen, sonst wäre er polizeilich registriert worden.", sagte Jan in einem ernsten Ton.

„In einer Shisha Bar? In Köln?", fragte seine Mutter entgeistert. „Was hast du da zu suchen, Tobias?"

„Es gefällt mir dort und wir machen nichts schlimmes! Wir essen und trinken was zusammen.", protestierte Tobias wütend.

„Und rauchen Shisha!", warf Jan ein.

„Wir? Wer ist wir?", bohrte seine Mutter nach.

„Meine Freunde.", antwortete Tobias genervt.

„Welche Freunde? Und warum weiß ich davon nichts?", wollte sie wissen.

„Ich muss dir doch nicht alles erzählen…", antwortete Tobias trotzig.

„Du bist 16 Tobias und so lange du nicht volljährig bist, hat deine Mutter ein Recht darauf, zu wissen wo du bist und mit wem!", mischte sich jetzt Jan ein.

„Genau…", sagte seine Mutter und schaute Jan dankbar an.

„Er war mit drei Jungs da, wobei der eine schon etwas älter wirkte. Wahrscheinlich hat er euch gefahren, richtig?", fragte Jan und legte den Arm um seine Mutter. Tobias stand auf und wollte gehen.

„Wir sind noch nicht fertig! Hier geblieben!", sagte Jan laut und Tobias blieb stehen.

„Was denn noch?", fragte Tobias wütend.

„Ich möchte…nein wir möchten...", begann Jan und schaute Stefanie dabei an „…dass du dich, solange du noch nicht volljährig bist, nicht in solchen Bars herum treibst. Du wirst uns mitteilen, wohin du gehst und mit wem! Hast du das verstanden?"

Tobias kochte vor Wut. Dieser Mann hatte ihm überhaupt nichts zu sagen! Er tat so, als wäre er sein Vater und seine Mutter ließ es auch noch zu. Warum sagte sie nichts? Bisher hatten sie Beide alles alleine geschafft und sie hatte immer zu ihm gehalten. Jetzt ließ sie es zu, dass er hier Befehle erteilte und ihm sagte, was er darf und was er nicht darf. Der hatte sie wohl nicht alle. Damit er endlich in sein Zimmer gehen konnte, antwortete er:

„Ja!", drehte sich um und ging die Treppe hinauf zu seinem Zimmer. Dort nahm er den erst besten

Gegenstand und warf ihn gegen die Wand. Es war eine DVD, die den Wurf unbeschadet überlebte. Tobias sah auf sein Handy, er hatte mehrere ungelesene Nachrichten und öffnete zuerst die der Zwillinge.

„Ey Alter, wer war denn das? Kennst du den Bullen etwa?", schrieb Nils

„Wo bist du? Alles okay?", war seine zweite Nachricht.

„Wir haben gewartet. Fahren jetzt zurück. Melde dich.", war seine dritte Nachricht.

Tobias schrieb zurück:

„Alles okay. Bin zu Hause. Der Bulle ist der Freund meiner Mutter. Ich hasse ihn!!!!"

Dann legte er sich ins Bett und schlief ein.

11

Stefanie unterhielt sich noch kurz mit Jan über Tobias und bedankte sich bei ihm, dass er ihn nach Hause gebracht hatte. Er nahm sie in den Arm und küsste sie zärtlich.

„Wir sind jetzt ein Paar und da ist es für mich selbstverständlich, dass ich mich auch um Tobias kümmere. Ich möchte dich unterstützen, wo ich nur kann. Die Zeiten sind vorbei, in denen du alles alleine machen musst. Jetzt hast du ja mich!", sagte er sanft. „Ich liebe dich."

Es war eine Ewigkeit her, dass sie diese drei Worte gehört hatte und die Tatsache, dass er sie unterstützte, ließ ihr Herz schneller schlagen. Ihr wurde ganz warm und sie fühlte sich seit langer Zeit wieder geborgen und beschützt. Jan war ein so toller Mann und er hatte alle Eigenschaften, die sie sich an einem Mann gewünscht hatte. Sie konnte ihr Glück nicht fassen und hoffte, dass er nie wieder gehen würde. Aber da er noch im Dienst war, musste er wieder fahren. Er versprach, dass er so schnell wie möglich wieder kommen würde und küsste sie leidenschaftlich. Sie umschlang ihn mit ihren Armen und hielt ihn fest, weil sie ihn nicht gehen lassen wollte. Er lächelte und sagte:

„Liebling, ich muss los…"

„Ich wünschte, du könntest hier bleiben.", sagte Stefanie traurig.

„Nächstes Mal könnte ich ja hier übernachten.", sagte er augenzwinkernd.

„Das wäre wunderbar!", freute sich Stefanie und ließ ihn gehen. Sie sah zu, wie er in den Streifenwagen stieg und davon fuhr. Sie ertappte sich bei dem Gedanken, dass er ja bei ihr einziehen könnte und erschrak etwas darüber. Das wäre viel zu früh. Aber schön wäre es trotzdem....

Als sie am nächsten Morgen erwachte, hatte sie schon eine Nachricht von ihm auf ihrem Handy. Es waren mehrere Herzen und ein „I love you babe". Sie stand lächelnd auf und ging in die Küche, um sich einen Kaffee zu machen. Es war Sonntag und Johanna und Tobias schliefen meist bis mittags. Deshalb nahm sie ihren Kaffee, setzte sich auf ihre gemütliche Couch und schrieb Jan eine Liebesbotschaft. Da klingelte ihr Handy. Es war Elke.

„Du treulose Tomate. Von dir hört man ja gar nichts mehr. Ist alles okay?", fragte Elke etwas beleidigt.

„Ach entschuldige bitte, ich habe im Moment so viel im Kopf.", rechtfertigte sich Stefanie.

„Ich weiß genau, was oder besser wen du im Kopf hast!", antwortete Elke. „Wie läuft es denn mit dem Polizisten?"

„Er heißt Jan!", sagte Stefanie vorwurfsvoll. „Es läuft wunderbar mit ihm. Er ist der tollste Mann, den ich je kennengelernt habe!", schwärmte sie.

„Aha.", antwortete Elke knapp. „Wann lerne ich ihn denn mal kennen?"

„Bald. Wenn er demnächst über Nacht bleibt, dann kommst du zu uns und wir trinken etwas zusammen.", antwortete Stefanie.

„Wie kommt er denn mit Tobias klar?", wollte Elke wissen.

„Jan kümmert sich wunderbar um ihn und ist mir eine große Hilfe!"

„Sie verstehen sich also gut?", hakte Elke nach.

„Na ja, du weißt ja, wie Tobias ist. Er kommt mit anderen Menschen ja nicht so gut zurecht. Es gefällt ihm natürlich nicht, dass er ihm auch mal sagt, was er tun soll. Aber das wird schon. Ich glaube, Tobias ist ein bisschen eifersüchtig.", erwiderte Stefanie.

„Das ist doch völlig normal. Er war mit dir fast sein ganzes Leben alleine und dann kommt da plötzlich ein Mann und nimmt die Vaterrolle ein. Das braucht Geduld.", sagte Elke mitfühlend. „Und bei Tobias ist das ja noch eine ganz besondere Situation."

„Am liebsten hätte ich Jan ständig bei mir. Meinst du, es ist zu früh, wenn er bei mir einziehen würde?", fragte Stefanie verträumt.

„Du kennst ihn doch erst seit ein paar Wochen! Und du willst jetzt schon, dass er bei dir einzieht? Das halte ich für keine gute Idee…", antwortete Elke besorgt.

„Warum denn nicht? Dann wäre alles einfacher…", sagte Stefanie.

„Bist du dir da sicher?", fragte Elke skeptisch.

Stefanie hatte das Gefühl, Elke gönnte ihr dieses Glück nicht und beendete kurz darauf das Telefonat. Elke war seit einem Jahr alleine, nachdem sie seit ihrem 14. Lebensjahr mit Andreas zusammen gewesen war. Sie konnte sich einen anderen Mann in ihrem Leben nicht vorstellen und Stefanie hatte den Eindruck, dass sie alle Männer verachtete, nur weil ihr Mann ein mieses

Schwein gewesen war. Aber deshalb waren ja nicht alle Männer Schweine, dachte sich Stefanie. Sie selbst hatte auch einige von diesen Exemplaren kennengelernt, aber Jan war ganz anders! Er war ein Traummann und sie wollte sich ihn nicht von Elke madig machen lassen. Sie wusste selbst am besten, was gut für sie war!

Jan hatte ihr mehrere Nachrichten geschrieben, unter anderem ein Bild mit einem Spruch „Den einzigen Mann, den du im Leben brauchst, ist der, der dir beweist, dass er dich auch in seinem Leben braucht! Und dahinter mehrere Herzen.

Stefanie lächelte glücklich und schrieb ihm zurück, dass sie ihn auch lieben würde. Das Leben konnte so schön sein…

Tobias kam gegen 12 Uhr aus seinem Zimmer und ging in die Küche, um sich etwas zu essen zu machen. Stefanie ging ihm hinterher und sprach ihn an.

„Wir müssen nochmal über gestern Abend reden. Mit wem warst du eigentlich in Köln?", wollte Stefanie wissen.

„Mit Freunden, sagte ich doch schon.", antwortete Tobias genervt und steckte zwei Scheiben Toast in den Toaster.

„Kenne ich diese Freunde?", hakte Stefanie nach.

„Ja, warum?", erwiderte Tobias trotzig.

„Heißen die zufällig Nils und Sven?", fragte Stefanie.

„Kann sein…", antwortete Tobias knapp und bestrich die gerösteten Scheiben Toast mit Marmelade.

„Mensch Tobias. Wann lernst du endlich, dass die Beiden dir immer nur Ärger bringen? Ich möchte nicht, dass du dich weiterhin mit ihnen triffst!", sagte Stefanie streng.

„Ich suche mir meine Freunde selber aus, okay?", antwortete Tobias kühl und verließ die Küche mit seinem Frühstück. Stefanie stand hilflos da und dachte an die Zeit, in der sie vernünftig mit ihrem Sohn reden konnte und er ihren Rat dankbar angenommen hatte. Jetzt hatte sie das Gefühl, sie hätte keinen Draht mehr zu ihm. Sie schrieb Jan eine Nachricht und erzählte ihm von dem Gespräch. Sie war so dankbar, dass er immer ein offenes Ohr für sie hatte.

Johanna kam jetzt auch in die Küche und sah, dass Stefanie traurig aussah.

„Ist alles in Ordnung?", fragte sie besorgt.

„Ich mache mir Sorgen um Tobias", antwortete Stefanie und machte sich noch einen Kaffee.

„Ich auch…", sagte Johanna und seufzte.

„Wusstest du, dass er wieder Kontakt mit den Zwillingen hat?", wollte Stefanie von Johanna wissen. Diese druckste herum und sagte dann:

„Ja, aber ich durfte nichts sagen…"

„Mir gefällt das gar nicht. Die machen immer nur Ärger!", sagte Stefanie nachdenklich.

„Dieser Boris macht mir mehr Sorgen…", sagte Johanna und machte sich auch einen Toast.

„Welcher Boris?", fragte Stefanie irritiert.

„Ach, der ist jetzt auch ständig dabei. Ich glaube, die haben sich im Knast kennengelernt…", antwortete Johanna und biss von ihrem Toast ab.

„Waaaas?", entfuhr es Stefanie. „Das wird ja immer besser…"

„Ich halte mich auch lieber von dem fern.", sagte Johanna kauend.

Stefanie ging ins Wohnzimmer, setzte sich auf die Couch und überlegte. In was für Kreise war Tobias da rein gerutscht? Er hatte nie Freunde gehabt, außer Johanna, aber die mussten es doch nun wirklich nicht sein. Wie konnte sie das nur unterbinden?

Jan hatte ihr geantwortet, dass er morgen Nachmittag vorbei kommen und sich der Sache annehmen würde. Sofort, nachdem Stefanie die Nachricht gelesen hatte, fühlte sie sich beruhigt und war Jan dankbar, dass er ihr zur Seite stand. Sie hätte keinen besseren Mann finden können, dachte sie sich.

Am nächsten Tag ging sie morgens zur Arbeit und sah, dass Thorsten noch nicht da war. Das war ungewöhnlich, weil er meistens der Erste im Büro war. Sie setzte Kaffee auf und kümmerte sich um die Emails, die am Wochenende eingegangen waren. Um 9 Uhr hatte Thorsten den ersten Termin und um 8.45 Uhr war er immer noch nicht da. Sie rief ihn auf seinem Handy an und eine Frauenstimme meldete sich.

„Ja bitte?", hörte Stefanie am anderen Ende der Leitung eine genervte Frauenstimme. Tamara... schoss es ihr in den Kopf und ihre Laune sank schlagartig.

„Kann ich bitte Thorsten sprechen?"

„Thorsten ist unter der Dusche. Was gibt es denn?",
fragte Tamara kühl.

„Er hat um nein Uhr einen Termin mit dem
Bürgermeister! Und es ist gleich neun Uhr!", antwortete
Stefanie genauso kühl.

„Dann kümmern Sie sich doch ein bisschen um den
Bürgermeister.", konterte Tamara und legte auf.

So eine blöde Kuh, dachte sich Stefanie und fragte sich,
was Thorsten bloß an ihr fand. Die muss ja eine
Granate im Bett sein, dachte sie sich und sofort dachte
sie an Jan und welches Glück sie doch hatte, so einen
wunderbaren Mann getroffen zu haben. Thorsten setzte
anscheinend immer noch die falschen Prioritäten und
wieder einmal war sie froh, dass sie sich von ihm nicht
hatte herum kriegen lassen. Er hatte es lange versucht,
aber ihr Bauchgefühl riet ihr davon ab. Sie wollte auch
nicht mit so einer Frau wie Tamara auf einer Stufe
stehen.

Der Bürgermeister verspätete sich um 15 Minuten und
so kam Thorsten doch noch pünktlich vor seinem
Termin. Er sah übermüdet aus und war für diese
Tageszeit außergewöhnlich gut gelaunt.

„Hattest du ein schönes Wochenende?", fragte Stefanie neugierig.

„Ooooh jaaaa…", antwortete Thorsten lächelnd. „Ein sehr schönes sogar!"

„Prima.", antwortete Stefanie knapp. „Ich nehme mal an, dass du es mit Tamara verbracht hast?"

Ein breites Grinsen überzog sein Gesicht, als er ihren Namen hörte und Stefanie rollte mit den Augen, aber so, dass er es nicht sah.

„Diese Frau ist der Wahnsinn…", sagte er seufzend. „Und was die mit ihrem Mund alles kann…"

„Keine Details bitte!", stoppte Stefanie ihn. Sie konnte sich schon denken, was sie mit ihm angestellt hatte. Wo sie das wohl gelernt hatte, fragte sie sich…

Der Bürgermeister kam durch die Tür und verschwand in Thorstens Büro. Plötzlich ging die Tür auf und Tamara kam herein. Sie trug eine knallenge Jeans und eine Bluse, die vorne spannte, weil ihr Busen so groß oder aber die Bluse eine Nummer zu klein war. Ihre dunkle Mähne umrahmte in Locken ihr Gesicht und Stefanie fragte sich, warum manche Frauen vom Schicksal so gesegnet waren. Ihre Haare waren fein und hingen glatt herunter. Aber dafür brauche ich keine falschen Möpse, dachte sich Stefanie boshaft.

Tamara kam auf ihren hochhackigen Schuhen zu ihrem Schreibtisch stolziert und baute sich vor ihr auf.

„Ich muss Thorsten dringend sprechen.", sagte sie überheblich und streckte dabei ihren üppigen Busen noch weiter heraus.

„Das geht jetzt nicht. Er ist im Gespräch mit dem Bürgermeister.", antwortete Stefanie genervt. Tamara beugte sich herunter und stütze sich mit ihren Händen auf dem Schreibtisch ab.

„Für mich hat er immer Zeit…", sagte Tamara blasiert und betonte dabei absichtlich das Wort „mich".

„Auch für Sie wird er jetzt keine Zeit haben.", antwortete Stefanie gereizt und betonte ebenfalls das Wort „Sie".

„Er wird nicht erfreut sein, wenn ich ihm sage, dass seine Tippse mich nicht zu ihm gelassen hat…", sagte Tamara provokativ.

„Ich bin keine Tippse!", antwortete Stefanie erbost und stand auf. „Sie können gerne eine Nachricht für ihn hinterlassen, dann gebe ich sie ihm, wenn er Zeit hat."

„Nicht nötig. Ich rufe ihn gleich an.", antwortete Tamara hochnäsig und stolzierte aus dem Zimmer.

Die hat sie doch nicht alle, dachte sich Stefanie wütend. So eine arrogante Ziege. Was bildet die sich ein? Tippse…Unverschämtheit.

Als der Bürgermeister das Büro verlassen hatte, erzählte Stefanie absichtlich nichts von Tamaras Besuch. Aber das musste sie auch nicht…

„Schatz, du hast angerufen? Was gibt es denn so Dringendes?", hörte sie ihn sagen.

„Ja, das sehe ich, dass du es 8x probiert hast. Aber ich hatte einen Klienten da." Kurz darauf lachte er und sagte:

„Ich vermisse dich auch mein Engel"

Stille

„Sie macht nur ihre Arbeit und…."

Stille

„Nein, du bist natürlich wichtiger, ich…"

Stille

„Aber ich muss arbeiten Hase"

„Ja gut…bis gleich"

Stefanie schäumte vor Wut. Dieses Miststück hatte sich
tatsächlich über sie beschwert. Na warte, dachte sich
Stefanie. Du kommst mir nicht blöd…

Thorsten kam zu ihr nach vorne.

„Ist was?", fragte Stefanie listig.

„Nö, alles gut. Du, ich glaube, ich habe mir irgendwas
eingefangen. Mir ist es nicht gut. Kannst du bitte meine
Termine für heute verschieben? Ich muss ins Bett…",
er hustete zur Unterstreichung ein paar Mal und fasste
sich an den Kopf. „Ich glaube, ich habe Fieber…"

„Stangenfieber?", murmelte Stefanie vor sich hin, aber
Thorsten war schon halb zur Tür raus. In welches Bett
er jetzt gehen würde, war ihr klar. Sie rief die beiden
Klienten an, die an dem Tag noch Termine hatte und
meldete Thorsten krank. Dann arbeitete sie weiter an
den Steuererklärungen und machte um 12 Uhr
Feierabend. Als sie die Tür abschloss, stand plötzlich
Jan mit einem großen Blumenstrauß hinter ihr.

„Jan! Du bist schon da!", rief sie erfreut und fiel ihm in
den Arm. „Eine schöne Überraschung. Sind die Blumen
für mich?" Sie gab ihm einen innigen Kuss und er
drückte sie fest an sich.

„Ich hatte solche Sehnsucht nach meiner großen Liebe.", sagte Thorsten und überreichte ihr die Blumen.

„Komm, lass uns rein gehen.", sagte Stefanie und blickte sich um. In diesem Dorf blieb nichts geheim und die Häuser hatten Augen und Ohren. Die Nachbarin von gegenüber hatte sie letztens beim Einkaufen schon angesprochen, wer der nette Herr wäre, der jetzt immer zu Besuch käme. Unglaublich, dachte sich Stefanie.

Sie gingen ins Haus und Stefanie stellte die Blumen in eine Vase. Dann kam sie zu Jan ins Wohnzimmer, und schmiegte sich an ihn. Sie sog seinen Geruch ein und spürte seine starken Arme, die sie ganz fest hielten. Sie fühlte sich so geborgen und sicher bei ihm. Sie küsste ihn und der Kuss wurde immer leidenschaftlicher. Er schob sie sanft Richtung Couch und schubste sie, so dass sie auf der Couch landete. Dann öffnete er ihr die Jeans und zog diese langsam an ihren Beinen runter. Dabei sah er sie mit einem Blick an, der Eisberge zum Schmelzen gebracht hätte, so heiß war er. Er küsste sie auf ihre intimste Stelle, durch den Stoff ihres Slips und hauchte dagegen. Die Wärme seines Atems ließ sie aufstöhnen. Er lachte auf und zog ihr nun die Bluse aus. Sie lag jetzt in BH und Slip vor ihm und er betrachtete sie lächelnd. Dann zog er ihr den BH und den Slip aus. Sie lag zum ersten Mal nackt vor ihm und fühlte sich durch seine Blicke sexy wie nie zuvor.

„Du gehörst mir", sagte er mit tiefer Stimme und kniete vor ihr nieder. Er liebkoste sie mit seiner Zunge, bis sie, schreiend vor Lust kam und dann zog er sich aus und sie sah, dass er sehr gut gebaut war. Er beugte sich zu ihr runter und glitt sanft in sie. Sie spürte ihn hart in ihr und dann bescherte er ihr den zweiten Orgasmus.

Sie lag, mit der Decke zugedeckt, erschöpft auf der Couch, als sein Handy klingelte. Da er gerade im Bad war, sah sie neugierig auf sein Display. „Tatjana ruft an" stand da. Sie spürte einen kurzen Stich im Herz. Wer war Tatjana? Als er aus dem Bad kam und sich zu ihr auf die Couch kuschelte, fragte sie ihn kurzerhand.

„Da hat gerade eine Tatjana angerufen. Ich bin nicht dran gegangen! Ich habe es nur auf dem Display gesehen… Wer ist das?", fragte sie vorsichtig.

„Das ist eine Kollegin Liebling. Du brauchst dir keine Sorgen zu machen."

„Ich mache mir keine Sorgen…", sagte Stefanie beschwichtigend.

„Wenn sie anruft, ist Gefahr im Verzug. Ich ruf mal eben zurück.", sagte er und wählte ihre Nummer.

„Tatjana? Was gibt's?“

„Okay…ja…..okay….ich komme sofort.“, sprach er ins Telefon.

„Es tut mir leid Schatz, ich muss weg. Tatjana braucht meine Hilfe.“, sagte er, während er sich anzog.

„Aber hast du nicht jetzt frei?“, fragte sie enttäuscht.

„Ein Polizist hat niemals frei, mein Liebling. Das sagte ich dir doch schon am Anfang…“ Er beugte sich zu ihr runter und küsste sie sanft. „Vielleicht komme ich heute nochmal, ansonsten morgen, okay?“

„Okay…“, sagte Stefanie traurig.

„Ich liebe dich!“, rief er und verließ das Haus. Stefanie stand auf und ging ins Bad. Sie hatte gehofft, dass er länger bleiben würde, aber sie wollte nicht wie seine Exfrau meckern. Sie hatten gerade eine wunderschöne Stunde miteinander verbracht und nur das zählte. In Erinnerung an den Sex mit ihm stand sie unter der Dusche und seifte sich ein. Tatjana war also eine Kollegin, dachte sie sich und schüttelte dann den Kopf. „Wenn er das sagt, dann stimmt das auch!“, sagte sie laut und wusch sich.

Er kam an diesem Tag nicht mehr und er schrieb auch nicht. Nach dem Abendessen mit Johanna und Tobias las sie noch ein Buch und wartete auf den Piepton, der eine Nachricht ankündigte, aber es kam keiner. Die Beiden gingen noch etwas spazieren und sie legte sich früh ins Bett. Sie schrieb ihm einen Gute-Nacht-Gruß und schaltete das Licht aus.

In der Nacht piepte ihr Handy mehrmals und Stefanie, die schlecht geschlafen hatte, machte das Licht an, um auf ihr Handy zu schauen. Es waren mehrere Nachrichten von ihm und er schrieb ihr, dass er einen Einsatz hatte, bei dem er verletzt wurde. Er wünschte ihr eine gute Nacht und schrieb ihr noch: „I love you babe" Stefanie war jetzt hellwach. Er wurde verletzt? Oh mein Gott, dachte sie sich. Was war geschehen und wie schwer waren seine Verletzungen? Sie schrieb ihm zurück…

„Was ist passiert Schatz? Bist du im Krankenhaus?"

„Alles gut mein Liebling. Mir hat ein Typ eine rein gehauen, aber dafür sitzt er jetzt in der Zelle. Er sieht auch nicht so gut aus…"

Stefanie war ganz aufgewühlt. Er war Polizist und hatte einen gefährlichen Job. Sie musste sich wohl daran gewöhnen, dass er auch mal verletzt wurde. Das war neu für sie und sie litt mit ihm.

„Das tut mir so leid, mein Schatz. Tut es sehr weh?", schrieb sie ihm.

„Der hatte einen guten rechten Haken. Aber ich werde es überleben…", antwortete er mit Smiley. „Schlaf weiter Darling. Gute Nacht"

„Schlafe du auch gut und gute Besserung", schrieb sie zurück. Sie lag hellwach im Bett und konnte nicht wieder einschlafen. Mit einem Polizisten zusammen zu sein, war ganz schön aufregend, dachte sie sich und dann fielen ihr doch die Augen zu…

12

Tobias hatte sich vorgenommen, sich von Jan nichts vorschreiben zu lassen. Es wurde jetzt schwieriger, sich abends weg zu schleichen, aber er würde schon einen Weg finden. Johanna riet ihm ebenfalls keinen Mist zu bauen, aber das war ihm egal. Er hatte das erste Mal in seinem Leben Freunde und das wollte er sich von niemandem verbieten lassen. Boris hatte zuerst Bedenken geäußert, dass sie durch Tobias Ärger bekommen könnten, wenn er persönlichen Kontakt zu einem Polizisten hätte und ihn als Spitzel bezeichnet, aber die Zwillinge hatten ihm versichert, dass er loyal wäre. Die schrieben Tobias an, dass Boris sie gleich abholen würde und ob er mit kommen wollte. Er überlegte, wie er es am besten anstellen sollte und ging dann zu Johanna ins Zimmer. Sie lag auf ihrem Bett und las.

„Ich brauche deine Hilfe…“, sagte er verschwörerisch. Johanna blickte von ihrem Buch auf.

„Wobei?“, fragte sie misstrauisch.

„Ich könnte gleich mit nach Köln fahren. Aber ohne dich geht es nicht…“, sagte Tobias und schaute Johanna flehend an. Johanna seufzte und setzte sich auf.

„Du weißt genau, dass du das nicht sollst. Das ist viel zu gefährlich.", warf Johanna ihm vor.

„Darum will ich dich ja dabei haben. Du kannst ja auf mich aufpassen.", setzte Tobias nach und lächelte sie an.

„Ja ne, ist klar…", erwiderte Johanna missmutig und schaute ihn ernst an. „Wenn sie uns erwischen, dann sind wir Beide dran!"

„Sie werden uns aber nicht erwischen. Nicht noch einmal!", versprach Tobias und schaute Johanna durchdringend an. „Komm schon…"

„Ich kann dich ja nicht alleine lassen…", sagte Johanna und stand auf, um sich umzuziehen. Anschließend gingen sie nach unten und erzählten Stefanie, dass sie noch etwas spazieren gehen wollten, was Stefanie nur mit einem knappen Okay erwiderte. Sie lag auf dem Sofa und las. Tobias und Johanna gingen die Straße entlang zu Nils und Sven und wurden auf halber Strecke von Boris eingesammelt. Er hatte mittlerweile den BMW, den er ihnen auf dem Foto gezeigt hatte und der hatte wohl einige PS unter der Motorhaube. Sie fuhren mit 250 Km/h nach Köln und Johanna hielt sich während der Fahrt die Augen zu. In der Bar war montags nicht so viel los, deshalb saßen sie fast alleine dort und hatten einen guten Überblick. Tobias und Johanna setzten sich diesmal mit Blick auf die Tür, damit sie im Zweifelsfall schnell auf die Toilette flüchten konnten. Aber es kam keine Polizei und so blieben sie fast zwei Stunden und machten sich dann wieder auf den Heimweg. Als sie gerade die Bar verlassen hatten, sagte Tobias erschrocken zu Johanna:

„Ist das da drüben nicht der Bulle?"

„Stimmt. Das könnte er sein. Hoffentlich sieht er uns nicht." Sie versteckten sich schnell hinter einem parkenden Auto und beobachteten was Jan machte. Er stand da mit mehreren Männern zusammen, die alle groß und gut gebaut waren. Jan war in zivil und die Männer redeten in einer fremden Sprache miteinander. Sie schauten sich ständig um, als hätten sie Sorge, dass sie beobachten würden. Tobias holte sein Handy aus der Tasche und machte heimlich ein Foto von der Gruppe.

„Was ist los?", fragte Nils, der sich über die Beiden wunderte. „Versteckt ihr euch?"

„Pssst…", machte Johanna und legte ihren Zeigefinger auf ihren Mund. In der Zwischenzeit hatte Boris seinen BMW geholt und alle stiegen zügig ein. Tobias sorgte dafür, dass er nicht von der Gruppe der Männer gesehen wurde. Kaum waren sie losgefahren, wollte Nils wissen was los war.

„Was macht ein Polizist in seiner Freizeit bei solchen Typen?", fragte Tobias argwöhnisch.

„Vielleicht ist er nur zivil unterwegs, um nicht aufzufallen? Als verdeckter Ermittler sozusagen… Oder das sind Informanten.", warf Johanna ein.

„Oder er macht Geschäfte mit denen.", sagte Boris und schaute Tobias im Rückspiegel an.

„Ach Quatsch. Ihr habt zu viele Krimis gesehen.", lachte Johanna auf dem Rücksitz.

„Ich kenne diesen Polizisten nicht, aber er wäre nicht der Erste, der sich schmieren lässt.", erwiderte Boris.

„Echt?", fragte Johanna überrascht.

„Na klar. Da gibt es auch schwarze Schafe…", sagte Boris und erzählte ihnen eine Geschichte, die er von einem Mithäftling gehört hatte. Ein Polizist hatte sich von Drogenhändlern schmieren lassen und ihnen immer Informationen zukommen lassen.

„Ach das glaube ich nicht…", sagte Johanna und schüttelte den Kopf. Tobias öffnete die Galerie an seinem Handy und schaute sich das Foto genauer an. Es war leider zu dunkel und zu weit weg, um Einzelheiten zu erkennen, aber er war sich sicher, dass das Jan auf dem Foto war. Diese Typen waren muskelbepackte Schlägertypen. Sie sahen aus, als wäre mit ihnen nicht zu spaßen. Warum standen sie mit Jan zusammen? Er würde das Foto vorerst für sich behalten, entschied er sich.

Zu Hause angekommen, schlichen sie in ihre Zimmer und hatten Glück, dass Stefanie schon schlief. Als Tobias auch in seinem Bett lag, dachte er an Jan und dass er ihn nicht leiden konnte. Hatte Johanna Recht und er sah Gespenster? Wollte er nur, dass Jan ein korrupter Bulle war, damit er etwas gegen ihn in der Hand hatte? Über diese Gedanken schlief er ein.

Am nächsten Morgen erwachte Tobias und schaute auf sein Handy. Er hatte schon wieder verschlafen! Es war schon 7.20 Uhr und er musste um 8 Uhr im Betrieb sein. Er sprang aus dem Bett und raste ins Bad. Seine Mutter stand vor dem Spiegel und schminkte sich.

„Kann ich schnell duschen?", drängelte er.

„Hast du schon wieder den Wecker ausgedrückt?", fragte Stefanie unwirsch.

„Jaaaa…..Bitte! Ich hab's eilig.", quengelte er. Seine
Mutter überließ ihm schimpfend das Bad und ging in
die Küche, um Tobias ein Frühstück vorzubereiten, da
er ansonsten ohne etwas zu essen das Haus verlassen
würde. Als er geduscht und angezogen die Küche
betrat, hatte sie ihm zwei Toast und ein Brot zum
Mitnehmen gemacht. Er aß die Toast, obwohl er
eigentlich keinen Hunger hatte, damit seine Mutter
nicht meckern würde und überlegte, wie er seiner
Mutter von seinem Verdacht erzählen konnte, ohne sich
selbst zu verraten. Er schwieg, nahm sein Brot und
verließ das Haus, um zu seinem Ausbildungsbetrieb zu
gehen, der nur 1 km entfernt war. Die Arbeit machte
ihm Spaß, aber er war heute nicht bei der Sache. Ständig
unterliefen ihm Fehler, so dass er sich oft das Gemecker
von seinen Kollegen anhören musste.

Lasst mich doch alle in Ruhe, dachte er sich und wäre
am liebsten abgehauen. Aber er blieb, weil das
zusätzlichen Ärger bedeuten würde. Als er endlich
Feierabend hatte, lief er nach Hause und setzte sich an
seinen PC. Er gab verschiedene Suchwörter in der
Suchmaschine ein und sah sich Fotos von
Drogenbossen an. Plötzlich kam er sich dumm vor,
schloss den Browser und öffnete sein Spiel, um
abzuschalten. Er zockte eine Weile, als Johanna sein
Zimmer betrat.

„Hast du `ne Minute?", fragte sie vorsichtig. Tobias konnte ziemlich unwirsch werden, wenn man ihn während des Spielens unterbrach. Er reagierte aber überraschend umgänglich.

„Klar. Was gibt's?", fragte er für seine Verhältnisse ruhig.

„Mir geht das nicht aus dem Kopf, was wir da gestern gesehen haben. Meinst du wirklich, der macht was Illegales?", fragte Johanna besorgt.

„Keine Ahnung. Möglich wär's.", antwortete Tobias knapp, während er weiter spielte.

„Ich finde, wir sollten versuchen etwas heraus zu finden. Dafür müssten wir natürlich ein paar Informationen haben. Vielleicht könnte der Boris sich mal umhören? Der kennt doch jede Menge Leute.", sagte sie verschlagen. Tobias hörte auf zu zocken und sah sie an.

„Na klar! Dass mir das nicht eingefallen ist. Das ist eine gute Idee!", sagte Tobias kampfeslustig. „Ich schreibe sofort Nils an, dass er mir die Nummer von Boris geben soll." Und schon nahm sich Tobias sein Handy und schrieb eifrig. Kurz darauf bekam er schon eine

Antwort von Nils und Boris Handynummer. Er speicherte sie in sein Handy und schrieb Boris an.

„Hi Boris, kennst du ein paar Leute, die mir helfen könnten, die Typen auf dem Foto zu identifizieren?"

Tobias schickte ihm das Foto, was er in der Nacht zuvor gemacht hatte und konnte sehen, dass Boris kurz darauf online ging und seine Nachricht las. Er antwortete prompt.

„Hi, klar kann ich es versuchen. Ich melde mich, wenn ich was weiß."

Tobias zeigte Johanna die Nachricht und grinste böse.

„Jetzt wird sich zeigen, wer hier wem in den Arsch tritt…", spottete Tobias bissig und Johanna lachte…

13

Es dauerte drei Tage, bis Stefanie sich auf ein
Wiedersehen mit Jan freuen konnte. Er kam gegen
Mittag zu ihr und hatte diesmal eine Reisetasche dabei.
Stefanies Herz hüpfte vor Freude, als sie die Tasche sah.
Doch dann sah sie sein Gesicht und erschrak. Er hatte
ein blaues Auge und eine geschwollene Wange, lächelte
aber, als er sie sah.

„Oh nein, wie siehst du denn aus?", fragte Stefanie
erschrocken.

„Alles halb so wild.", beschwichtigte er sie. „Ich bin
hart im Nehmen." Er nahm sie in den Arm und küsste
sie innig. Als sie im Haus waren und Jan seine
Reisetasche abgestellt hatte, kam er zu ihr und nahm
ihre Hand.

„Könntest du ein paar Tage frei machen und mit mir
verreisen?", fragte er augenzwinkernd.

„Verreisen? Ja gerne!", antwortete sie freudestrahlend.
„Wohin?"

„Ich könnte ein Häuschen auf Mallorca für ein paar
Tage haben. Nur, wenn dir sowas gefällt natürlich…",
sagte er augenzwinkernd.

„Natürlich gefällt mir sowas! Und wie!", freute sich Stefanie. „Und wann wäre das?"

„Nächste Woche?", schlug er vor.

„Schon nächste Woche?", fragte Stefanie überrascht. „Da muss ich Thorsten fragen…"

„Wer ist Thorsten?", fragte Jan streng und sein Blick verfinsterte sich.

„Mein Chef, Schatz!", sagte Stefanie schnell. „Ich hatte dir doch von ihm erzählt."

„Ach ja…", antwortete er und seine Gesichtszüge entspannten sich wieder. „Na dann frag deinen Thorsten mal schnell." Stefanie hatte das Gefühl, dass Jan sauer war und bemühte sich seine Laune zu verbessern. Sie setzte sich auf seinen Schoß und küsste ihn zärtlich. „Es gibt keinen Grund eifersüchtig zu sein mein Schatz. Ich will nur dich!"

„Das will ich doch hoffen.", antwortete er selbstbewusst und drückte Stefanie fest an sich, während er sie besitzergreifend küsste. Sie genoss es, dass er sie nicht teilen wollte und dass er ein bisschen eifersüchtig war.

„Ich habe dir noch etwas mitgebracht.", sagte Jan und hob Stefanie von seinem Schoss. Er öffnete die Reisetasche und holte eine kleine Schachtel hervor. Stefanie öffnete aufgeregt die Schachtel und holte eine kleine, goldene Kette hervor, an der ein goldenes Herz hing.

„Das ist mein Herz. Es gehört dir.", sagte er und Stefanie hatte Tränen in ihren Augen. Sie umschlang ihn erneut und küsste ihn zärtlich. Sie war selbst überrascht, wie sehr sie ihn jetzt schon liebte.

Da sie mindestens drei Stunden alleine waren, verlebten sie einen schönen Nachmittag in Stefanies Schlafzimmer und Jan zeigte ihr, dass er in der Lage war sie vollends zu befriedigen. Glückselig zogen sie sich an, weil Tobias gleich von der Arbeit käme und sie ihn nicht so überfahren wollte.

„Der Junge ist doch kein Kind mehr. Er weiß sowieso, was wir so treiben.", sagte Jan etwas genervt.

„Ich möchte ihm aber Zeit lassen, dich besser kennenzulernen.", rechtfertigte sich Stefanie. „Er war viele Jahre mit mir alleine, da ist es schwer für ihn, dass er mich jetzt teilen soll."

„Ich glaube, du verkennst deinen Sohn. Er ist reifer, als du denkst. Du solltest ihm mehr zutrauen und auch mal an dich denken.", sagte Jan nachdrücklich.

„Du hast ja Recht. Ich neige dazu ihn zu bemuttern. Aber er hat auch viel durchgemacht…", verteidigte sie sich.

„Du sagst es – das war mal. Jetzt muss er erwachsen werden und auch Verantwortung übernehmen.", forderte Jan. „Du darfst ihn nicht so verweichlichen. Er ist kein Kind mehr!"

„Tue ich das? Verweichliche ich ihn?", fragte Stefanie irritiert.

„In meinen Augen schon. Bei mir hätte er das nicht gewagt, mit 16 Jahren in eine Shisha Bar zu gehen. Das hätte Konsequenzen gehabt.", sagte Jan streng.

Stefanie dachte über seine Worte nach. *Hatte sie ihren Sohn verweichlicht? War sie nicht streng genug?* Tobias fehlte wahrscheinlich der Vater und somit ein Vorbild. Sie als Mutter konnte ihm das nicht bieten. Sie war froh, dass Jan diese Rolle übernehmen wollte, bevor es zu spät war. Jetzt konnte er Tobias noch Einiges mit auf den Weg geben. Sie küsste Jan und sagte:

„Danke, dass du da bist." Dann lächelte sie ihn an.

Tobias kam nach Hause, als Stefanie und Jan gerade das Abendessen vorbereiteten und er ging direkt in sein Zimmer. Johanna kam kurz danach und steckte nur kurz ihren Kopf in die Küche, um Hallo zu sagen. Stefanie und Jan standen gemeinsam in der Küche und kochten „Spaghetti Carbonara". Jan war ein guter Koch und Stefanie ging ihm, so gut es ging, zur Hand. Kochen war nicht gerade ihre Leidenschaft und sie dachte noch wehmütig an die Zeit, als Elke bei ihr gewohnt hatte. Sie war eine perfekte Hausfrau und hatte jeden Mittag für sie und die Kinder gekocht. Sie hatte sich lange nicht bei Elke gemeldet und bekam ein schlechtes Gewissen. Morgen würde sie bei ihr anrufen, nahm sie sich fest vor. Als das Essen fertig war, rief Stefanie die beiden Jugendlichen zum Essen und dann saßen sie gemeinsam am Tisch. Tobias vermied es Jan anzusehen und aß schweigend seine Nudeln. Johanna versuchte die Stimmung aufzuheitern, in dem sie von einer Kundin erzählte, deren Haare nach der Färbung orange waren. Stefanie musste lachen und sprach ihr Mitleid mit dieser Frau aus.

„Hattest du ihr die Haare gefärbt?", wollte Jan wissen und Johanna wurde rot.

„Ich habe es unter Anleitung gemacht...", sagte sie leise und schaute Stefanie an.

„Du bist ja auch noch in der Ausbildung, Liebes.", sagte Stefanie verständnisvoll und schenkte ihr ein Lächeln. Jan sagte nichts und aß schweigend weiter. Stefanie spürte ein Unbehagen und fragte sich, was der Grund sein könnte, verwarf diesen Gedanken aber schnell wieder.

Jan blieb über Nacht und sie schlief in dieser Nacht nicht sehr viel. Jan war ein atemberaubender Liebhaber und sie war noch nie so oft zum Höhepunkt gekommen. Sie hatte sich mehrmals das Kopfkissen auf das Gesicht gedrückt, damit Tobias und Johanna nichts hören konnten. Am nächsten Morgen, als der Wecker klingelte, stand sie müde, aber glücklich auf und betrachtete den schlafenden Jan. Sie war ein Glückspilz, dass sie so einen Mann gefunden hatte. Er war nicht so egoistisch, wie die Männer, die sie früher kennengelernt hatte und die immer zuerst an sich gedacht hatten. Sein Hauptziel war es, sie glücklich zu machen und das tat er. Und wie er das tat!

Stefanie machte sich fertig, trank einen Kaffee und brachte Jan einen frischen Kaffee ans Bett. Er schlief immer noch und so stellte sie die Tasse auf den Nachttisch und gab ihm einen Kuss auf seine gesunde Wange. Er wachte nicht auf und so schlich sich Stefanie leise aus dem Schlafzimmer. Sie traf im Flur auf Tobias, der mürrisch fragte:

„Ist der noch da?"

„Der heißt Jan und ja, er ist noch da.", antwortete Stefanie vorwurfsvoll.

„Na hoffentlich durchwühlt der nicht mein Zimmer, wenn ich weg bin. Oder hat er einen Durchsuchungsbeschluss?", fragte Tobias bissig.

„Lass das sein Tobias!", sagte Stefanie streng und schaute ihren Sohn böse an. „Gewöhn dich lieber an ihn. Er wird jetzt öfter hier sein!"

Tobias schaute sie erschrocken an und lief dann vor sich hin maulend hinaus. Stefanie stand betreten da und fühlte sich elend. So hatte sie noch nie mit ihrem Sohn gesprochen. War das wirklich der richtige Weg? Sie ging zur Arbeit und dachte dann an die schöne Nacht mit Jan. Schon lächelte sie wieder.

Das Lächeln verging ihr aber, als sie im Büro auf Tamara traf. Sie saß an ihrem Schreibtisch und schaute sich Unterlagen an, die auf dem Tisch verteilt waren. Stefanie hatte ihren Schreibtisch ordentlich hinterlassen und war stocksauer.

„Was machen Sie da?", fragte sie unwirsch.

„Ich habe schon mal die Post geöffnet", sagte sie mit ihrer blasierten Tonlage und schaute demonstrativ auf die Uhr. Stefanie spürte, wie Zorn in ihr hochkam.

„Das ist meine Aufgabe!", konterte Stefanie und raffte die Unterlagen von der anderen Seite des Schreibtischs zusammen.

„Thorsten hatte mich darum gebeten…", säuselte Tamara und lehnte sich in Stefanies Stuhl nach hinten.

„Und das ist mein Arbeitsplatz!", setzte Stefanie nach und versah Tamara mit einem finsteren Blick.

„Sie könnten schon mal Kaffee aufsetzen…", sagte Tamara „…wenn Sie schon mal stehen."

Stefanie ging wutentbrannt zur Kaffeemaschine und setzte ein Kanne Kaffee auf. In dem Moment kam Thorsten aus seinem Büro und lachte.

„Du siehst in jeder Lebenslage sexy aus, du geiles Stück…", sagte Thorsten und erschrak, als er Stefanie sah.

„Oh, du bist schon da… Guten Morgen Stefanie.", sagte er verlegen.

„Soll ich wieder gehen?", fragte sie mürrisch.

Seit er diese Tamara kennengelernt hatte, war die Atmosphäre zwischen ihnen nicht mehr so, wie sie mal war. Er war völlig verblendet von dieser Frau und ließ jede Professionalität vermissen. Wenn sie jetzt auch noch ständig hier herum hängt, dann garantiere ich für nichts, dachte sich Stefanie wütend.

„Natürlich nicht!", sagte Thorsten sofort und plötzlich tat er ihr fast leid.

„Wenn du mich hier nicht brauchst, kann ich ja gehen…", sagte Tamara beleidigt, stand auf und stolzierte hocherhobenen Hauptes an ihr vorbei. Thorsten eilte ihr nach. *Oh mein Gott*, dachte sich Stefanie. *Der war ja völlig besessen…*

Sie setzte sich an ihren Schreibtisch und schaltete den PC ein. Wenigstens kannte diese Tamara ihr Passwort nicht, sonst würde sie womöglich auch noch in ihren Daten herumschnüffeln. Thorsten kam zurück, ging eilig in sein Büro und schloss die Tür hinter sich. Das sollte ihr recht sein, dachte sich Stefanie. So konnte sie wenigstens in Ruhe arbeiten.

Kurz vor Feierabend ging sie in Thorstens Büro, der an seinem Schreibtisch saß und etwas in sein Handy tippte. Dachte der mal fünf Minuten nicht an seine Tamara?

„Ich hätte gerne nächste Woche Urlaub. Wäre das möglich, Thorsten?", fragte sie ihn. Er antwortete nicht, sondern tippte weiter.

„Hallo! Erde an Thorsten!", rief sie laut.

„Was? Ja, wenn keine wichtigen Sachen anstehen, dann kannst du Urlaub nehmen. Klar…", sagte er und tippte weiter. Stefanie verließ das Büro und wünschte ihm noch einen schönen Tag, während sie die Tür schloss. Dann packte sie ihre Sachen und verließ das Büro. Ihrem Urlaub mit Jan stand nichts im Wege! Strahlend ging sie nach Hause und schaute, ob er noch da war, aber er war schon wieder gefahren. Auf dem Tisch lag ein Zettel und eine Rose, die er aus dem Garten abgeschnitten hatte. Auf dem Zettel stand:

„Für die schönste Nacht in meinem Leben" und Stefanie schmolz schon wieder dahin. Er schaffte es immer wieder ihr ein Lächeln auf ihr Gesicht zu zaubern, dachte sie glückselig. Sie machte sich einen Kaffee, setzte sich auf die Couch und berichtete ihm von der freudigen Botschaft. Er schrieb ihr, dass er es kaum erwarten könne und dass er ihr schnellstmöglich mitteilen würde, wann es losginge. Es waren zu dieser Jahreszeit etwa 25 Grad auf Mallorca und sie freute sich darauf, mit ihm am Strand zu liegen und Cocktails zu trinken. Wie lange war sie schon nicht mehr verreist? 17 Jahre ungefähr… Sie konnte es kaum erwarten, endlich wieder unbeschwert am Meer zu sitzen, mit ihrer großen Liebe. Was gab es Schöneres? Und sie wären vier oder fünf Tage zusammen! Tag und Nacht…

14

Boris meldete sich ein paar Tage später bei Tobias und schrieb ihm, dass einer der Männer ein bekannter Dealer aus Köln wäre und schon öfters Ärger mit der Polizei gehabt hatte. Man würde ihm auch nachsagen, dass er schnell zuschlagen würde und auch Frauen gegenüber keine Skrupel vor Gewalt hätte. Mehrere Prostituierte hätten ihn wegen körperlicher Gewalt angezeigt. Die anderen Männer kannte wohl niemand.

Tobias ging zu Johanna ins Zimmer und zeigte ihr die Nachricht.

„Warum steht ein Polizist in seiner Freizeit mit solchen Typen herum? Und in welcher Sprache haben die miteinander gesprochen?", fragte Johanna nachdenklich.

„Ich glaube, das war russisch. Jedenfalls hörte sich das so an.", erwiderte Tobias.

„Alles sehr merkwürdig…", sagte Johanna schaute aus dem Fenster. „Wenn wir ihn beschatten könnten, aber das merkt er nachher."

„Wen von uns kennt er nicht? Dich und mich würde er sofort erkennen, aber die Zwillinge hat er nur einmal gesehen. Vielleicht würden sie ihn beschatten.", schlug Tobias aufgeregt vor.

„Meinst du das machen die? Ich weiß nicht…", sagte Johanna skeptisch.

„Fragen kostet nichts. Ich schreibe ihnen mal.", erwiderte Tobias und schrieb Nils an. Kurz darauf kam die Antwort.

„Da sind wir dabei! Endlich passiert hier was.", antwortete Nils und Tobias grinste.

„Ich wusste doch, dass das genau nach ihrem Geschmack ist."

„Hoffentlich passen sie auf. Wir müssen herausfinden, auf welcher Wache er arbeitet und wo er wohnt.", warf Johanna ein.

„Ich werde mal ein bisschen recherchieren…", sagte Tobias, ging am Handy ins Internet und fing an zu suchen. Aber er fand weder seine Adresse noch andere Eintragungen über ihn. Nils schrieb ihm, dass Boris gewiss etwas herausfinden würde.

Boris fand schnell heraus, dass Jan in der Polizeiwache Köln-Sülz tätig war. Die Shisha Bar befand sich ebenfalls in diesem Stadtteil.

„Dann war er vielleicht auf dem Heimweg und hat etwas gesehen, was er kontrollieren wollte.", sagte Johanna zu Tobias, als er ihr die neueste Information mitteilte.

„Mag sein, aber er war nicht im Dienst, sonst hätte er seine Uniform getragen.", konterte Tobias.

„Vielleicht wollen wir ihm einfach etwas anhängen?", fragte Johanna skeptisch und schaute Tobias nachdenklich an.

„Ich habe es im Gefühl, dass er nicht der ist, der er vorgibt zu sein! Und das werde ich beweisen!", sagte Tobias nachdrücklich.

Die Zwillinge beschatteten Jan und schickten Tobias Fotos, auf denen er nach der Arbeit in Köln unterwegs war. Bisher war das alles harmlos und er tat nichts Verdächtiges. Tobias aber wollte nicht aufgeben. Das Wochenende kam und wieder fuhren Tobias, Johanna, die Zwillinge und Boris nach Köln in ihre Shisha Bar. Vor der Bar schaute sich Tobias genau um, in der Hoffnung, irgendetwas Interessantes zu sehen. Doch es waren nur ein paar junge Leute auf der Straße unterwegs. Sie gingen in die Shisha Bar und setzten sich an ihren Stammtisch. Nach einer Weile, sie hatten schon eine Wasserpfeife geraucht und sich eine zweite bestellt, betrat ein Mann die Shisha Bar, der Tobias bekannt vorkam. Er war groß, breitschultrig und sah durch seine Glatze noch gefährlicher aus, als er eh schon wirkte. Mit ihm wollte man sich auf keinen Fall anlegen. Er ging zu einem Tisch in ihrer Nähe und setzte sich zu den jungen Männern. Tobias schaute vorsichtig hinüber und versuchte zu hören, was sie besprachen. Aber sie sprachen leise und er konnte nichts verstehen. Dann sah er, dass der Russe dem jungen Mann heimlich etwas zusteckte. Ob das Drogen waren? Kurze Zeit später stand der Russe wieder auf und verließ die Shisha Bar.

„Habt ihr das gesehen?", flüsterte Tobias den Anderen zu.

„Was gesehen?", flüsterte Nils zurück.

„Dieser Russe von dem Foto war gerade hier und hat dem Typen am Nebentisch etwas zugesteckt.", erwiderte Tobias leise.

„Das kommt hier öfters vor. Wenn er dein Dealer ist, kannst du ihn quasi bestellen. So habe ich das auch gemacht…", flüsterte Boris.

„Aber wenn er ein Dealer ist, was hat dieser Bulle mit ihm zu tun?", fragte Johanna leise. „Er ist doch nicht bei der Kripo?"

„Und genau DAS ist merkwürdig…", flüsterte Tobias. „Es sei denn…"

„Was?", wollte Johanna wissen.

„Er nimmt auch Drogen?", sagte Tobias.

„Na klar! Das könnte ja sein.", erwiderte Nils.

„Meinst du echt?", fragte Johanna ungläubig. „Als Polizist?"

„Das sind auch nur Menschen…", erwiderte Sven leise.

„Wenn das Stefanie erfährt…", sagte Johanna traurig. „Sie ist so verliebt in ihn…"

„Ich wusste doch, dass mit dem was nicht stimmt!", sagte Tobias wütend.

„Macht mal halblang!", fuhr Boris dazwischen. „Noch ist gar nichts bewiesen. Wir hängen uns an ihn dran und dann werden wir schon herausfinden, ob er Drogen nimmt."

„Du hast Recht. Aber zutrauen würde ich es ihm.", zischte Tobias.

Sie fuhren kurze Zeit später wieder nach Hause, damit seine Mutter keinen Verdacht schöpfte. Die Ausrede mit dem Kino glaubte sie bald nicht mehr. Stefanie saß noch im Wohnzimmer und schaute fern. Als die beiden herein kamen, rief sie ihnen zu:

„Könnt ihr Beiden mal kurz kommen?"

Johanna schaute Tobias erschrocken an. Hoffentlich hatte sie nicht gemerkt, dass sie gar nicht im Kino waren. Aber Stefanie wollte etwas ganz anderes.

„Was gibt es denn?", fragte Tobias scheinheilig.

„Ich wollte euch etwas erzählen. Setzt euch doch bitte mal.", fing Stefanie an. Tobias und Johanna setzen sich auf die Couch und schauten sie fragend an.

„Wenn alles klappt, fahre ich am Montag mit Jan für ein paar Tage nach Mallorca!", erzählte sie freudestrahlend. „Er kann da ein Häuschen mieten und nimmt mich mit."

Tobias und Johanna schauten sich an und schwiegen, bis Johanna sagte:

„Das freut mich für dich…"

„Ist euch das nicht Recht?", fragte Stefanie erstaunt.

„Doch, doch…", sagte Johanna schnell.

„Mir nicht!", sagte Tobias ernst.

„Was? Warum nicht?", wollte Stefanie wissen.

„Ich möchte nicht, dass du mit diesem Mann alleine weg fährst. Und dann noch ins Ausland!", eiferte sich Tobias. „Du kennst ihn doch noch gar nicht. Wenn er dir etwas antut oder dich verschleppt..."

„Meinst du nicht, dass du etwas übertreibst?", sagte Stefanie ruhig.

„Nein! Ich will nicht, dass du fährst!", schrie Tobias jetzt.

„Schrei mich nicht an Tobias! Ich kann verstehen, dass es schwer für dich ist, einen Mann in meinem Leben zu akzeptieren. Aber ihn mir madig zu machen oder mir sogar Angst zu machen, finde ich sehr unfair von dir. Ich werde am Montag mit ihm in den Urlaub fahren, ob es dir passt oder nicht!", sagte Stefanie energisch. Dann stand sie auf und ging ins Schlafzimmer.

„Scheiße...", sagte Johanna. „Wenn der auf Mallorca ist, können wir ihn nicht beschatten..."

Tobias kaute auf seiner Unterlippe und dachte angestrengt nach, aber ihm viel nichts ein, was er dagegen tun konnte. Er konnte nur hoffen, dass dieser Bulle seiner Mutter nichts antat.

15

Stefanie war stinksauer. Da wollte sie einmal nach vielen Jahren in den Urlaub fahren und freute sich sehr darauf und ihr eigener Sohn gönnte ihr das nicht. Sie hatte immer nur an ihn gedacht und jetzt wollte sie sich einfach mal etwas Gutes tun. Jan hatte vollkommen Recht, sie musste ihm gegenüber härter werden. Er hatte sich daran gewöhnt, dass sie immer zurück steckte und Rücksicht auf ihn nahm. Aber wer nahm Rücksicht auf sie? Sie hatte selbst Bedenken gehabt, die Beiden ein paar Tage alleine zu lassen, aber jetzt war sie fest entschlossen und hatte auch kein schlechtes Gewissen mehr. Endlich mal Abstand von ihrem Alltag, endlich mal Abstand von Tobias…

Sie legte sich auf ihr Bett und rief Jan an. Nach ein paar Mal Klingeln ging er ran.

„Hallo mein Engel", meldete er sich.

„Hallo Liebling….", sagte sie traurig.

„Was ist los?", fragte er besorgt.

„Ich habe es gerade Tobias erzählt…"

„Ja und?", wollte er wissen.

„Er ist wütend und er hat mir gesagt, dass er nicht will, dass ich mit dir fahre…", erzählte sie traurig.

„Aha…", sagte er ernst. „Damit habe ich gerechnet. Ich sagte dir ja bereits, dass du ihn zu sehr verwöhnt hast. Er nimmt keinerlei Rücksicht auf dich. Und jetzt möchtest du einmal etwas für dich machen… Das ist sehr egoistisch von ihm. Das tut mir sehr leid, Schatz. Aber ich bin ja jetzt für dich da!"

„Und das ist so schön!", sagte Stefanie liebevoll. „Du bist alles, was ich brauche."

„Und du bist alles, was ich brauche!", flüsterte Jan. „Ich habe uns zwei Flüge gebucht. Wir fliegen am Montag um 14 Uhr ab Köln. Soll ich dich abholen?"

„Nein. Das brauchst du nicht! Ich komme zum Flughafen. Wo treffen wir uns?", fragte Stefanie aufgeregt.

„Ich schicke dir die genauen Daten zu. Ich freue mich so sehr auf dich…", sagte Jan sanft.

„Und ich erst! Ich kann es noch gar nicht fassen, dass wir dann nur Zeit für uns haben werden…", sagte Stefanie glücklich.

„Und dabei wird uns niemand stören…", erwiderte Jan. „Ich liebe dich"

„Und ich liebe dich!", flüsterte Stefanie.

Sie wünschten sich eine gute Nacht und dann legte Stefanie das Handy beiseite und schlief ein. Sie träumte von ihrem Urlaub und wie sie sich am Strand liebten…

Den Sonntag verbrachte Stefanie mit Waschen und Bügeln. Sie konnte sich nicht entscheiden, was sie mitnehmen sollte und so packte sie viel zu viel in den Koffer. Da sie keine Übung mehr darin hatte, brauchte sie lange, bis sie alles zusammen hatte. Immer wieder fielen ihr Dinge ein, die sie eventuell brauchen könnte. Sie kam sich dumm vor, dass sie so übervorsichtig war, aber in den letzten Jahren hatte sie gelernt, vorausschauend zu denken. Deshalb war sie nicht mehr so unbeschwert, wie sie mit Ende 20 gewesen war. Da wäre sie mit zwei Kleidern, zwei Slips, einer Zahnbürste und einer Tube Waschpaste in den Urlaub gefahren. Sie hatte sich in den letzten Jahren verändert…

Johanna kam in ihr Schlafzimmer und schaute ihr beim Packen zu.

„Und ihr kommt wirklich zurecht?", fragte Stefanie jetzt doch etwas besorgt.

„Mach dir keine Sorgen! Wir kommen zurecht! Wir sind schon groß und außerdem sind es ja nur ein paar Tage.", beruhigte sie Johanna.

„Ja, du hast Recht. Ich kann wohl nicht aus meiner Haut.", antwortete Stefanie lächelnd.

„Mach dir ein paar schöne Tage und genieße.", sagte Johanna und lächelte sie ebenfalls an.

„Danke Liebes. Schade, dass Tobias das nicht so sieht…",

„Der macht sich einfach Sorgen.", erwiderte Johanna. „Er mag Jan nicht besonders…"

„Aber warum nicht?", fragte Stefanie verständnislos. „ Wenn er ihn nur besser kennen würde, dann wüsste er, was für ein toller Mann er ist…"

Johanna schwieg und schaute zu Boden.

Stefanie hatte nicht viel geschlafen, sie war viel zu nervös und stand gegen sechs Uhr überdreht auf, um Frühstück zu machen. Tobias redete kein Wort mit ihr und nahm sich schweigend sein Brot mit zur Arbeit. Johanna wünschte ihr eine schöne Zeit und drückte sie zum Abschied fest. Gegen elf Uhr packte Stefanie ihren Koffer und ihr Handgepäck ins Auto und machte sich mit gemischten Gefühlen auf den Weg zum Kölner Flughafen. Da die Autobahn fast leer war, kam sie zügig durch und war gegen zwölf Uhr in der Abflughalle.

Jan hatte ihr die Nummer ihres Fluges geschrieben und sie konnte auf den Timetables sehen, welche Check-In Schalternummer für den Flug zuständig war. Dort wollte sich Jan mit ihr treffen.

Stefanie fand den Schalter sofort und schaute sich aufgeregt um. Von Jan war noch nichts zu sehen. Sie nahm ihr Handy und schrieb ihm, dass sie angekommen wäre, dann schrieb sie noch schnell eine Nachricht an Elke, die noch gar nichts von ihrem Kurzurlaub wusste. Ein paar Sekunden später klingelte ihr Handy.

„Ach nee… du lebst auch noch", sagte Elke vorwurfsvoll.

„Ich weiß… mea culpa!", antwortete Stefanie kleinlaut.

„Jetzt fährst du mit dem Polizisten schon in Urlaub und ich habe ihn immer noch nicht zu Gesicht bekommen. So langsam glaube ich, er ist nur ein Phantom und du willst mich nur neidisch machen…", sagte Elke jetzt in einem milderen Ton. „Das hat geklappt. Ich bin neidisch.“

Stefanie lachte auf. „Das war alles so kurzfristig. Ich kann es selbst noch nicht glauben. Bis jetzt ist er auch noch nicht da. Vielleicht war es doch nur ein Traum.“

„Na dann drücke ich dir die Daumen, dass er denselben Traum hatte“, lachte jetzt auch Elke. „Spaß beiseite. Ich wünsche dir wirklich einen schönen Urlaub und schreibe mir zwischendurch, wie es dir geht. Und ich will Fotos sehen! Auch von ihm!“

„Bekommst du!“, erwiderte Stefanie und schaute sich dabei suchend nach Jan um. Er war noch immer nicht zu sehen. „Ciao Süße“

Stefanie schaute auf ihre Nachricht an Jan, nachdem sie aufgelegt hatte. Er hatte sie noch nicht gelesen. Dann ist er bestimmt unterwegs, dachte sich Stefanie unruhig. Es war mittlerweile 12.45 Uhr und so langsam wurde sie nervös. Da kam Jan mit einer großen Tasche auf sie zu gerannt.

„Sorry Schatz, ich musste doch noch etwas erledigen.“, entschuldigte er sich, ließ seine Tasche fallen und nahm sie in den Arm. Er schaute ihr tief in die Augen und küsste sie innig.

„Ich unterbreche dich nur ungern, aber wir müssen uns beeilen.", sagte Stefanie noch ganz berauscht von seinem Kuss.

Sie gingen zum Check-In Schalter der Lufthansa Airline und gaben ihr Gepäck auf, danach gingen sie mit den Bordkarten zum Sicherheitscheck. Stefanies Handgepäck wurde durchleuchtet und Beide mussten durch eine Sicherheitsschleuse treten. Es piepste nicht und auch das Gepäck war in Ordnung. Sie holten sich noch schnell einen Coffee-to-go und setzten sich dann in den Abflugbereich. Schon nach ein paar Minuten später wurde ihr Flug aufgerufen und sie konnten das Flugzeug betreten. Stefanie war die ganze Zeit sehr aufgeregt, aber Jans Anwesenheit beruhigte sie. Er war ihr Fels in der Brandung und sie konnte sich nichts vorstellen, was er nicht hätte regeln können. Er hielt die ganze Zeit ihre Hand und zwinkerte ihr zu. Als sie das Flugzeug betreten hatten und er ihre Bordkarten zeigte, begleitete sie die Stewardess in die erste Klasse. Stefanies Herz schlug sofort schneller. Sie war noch nie erster Klasse geflogen und schaute sich neugierig um. Hier waren die Sitze aus schwarzem Leder und wesentlich breiter als in der zweiten Klasse. Sie wurde zu ihrem Sitz geführt und Jan bestellte für sie zwei Gläser Champagner. Stefanie war vollkommen überwältigt.

„Ist die First Clans nicht zu teuer?", fragte sie leise.

„Für dich ist mir nichts zu teuer", antwortete er und nahm ihre Hand. Die Stewardess kam und brachte ihnen den Champagner. Außer ihnen saßen noch zwei Asiaten und eine Frau in einem eleganten Kostüm in der ersten Klasse. Stefanie kam sich etwas deplatziert vor, in ihrer Jeans und Shirt. Die First Class war immer eine andere Welt für sie gewesen. Das musste doch eine Stange Geld gekostet haben. Wie konnte er sich das leisten? Wahrscheinlich wollte er ihr imponieren und hatte seine Ersparnisse jetzt aufgebraucht. Sie bekam ein schlechtes Gewissen und schaute ihn liebevoll an, als er mit ihr anstieß.

Der Flug dauerte nur knapp zwei Stunden, die sehr schnell vorbei gingen. Sie lauschte entweder interessiert dem Gespräch der zwei Asiaten, die sich leise unterhielten und sie natürlich kein Wort verstand oder schaute aus dem Fenster, um fasziniert die Wolken zu bestaunen. Hier oben wirkte die Welt wirklich grenzenlos, dachte sich Stefanie. Diese weiße Wolkenpracht, die wie Zuckerwatte aussah, sah traumhaft aus. Jan schaute sie dabei amüsiert an und lächelte vor sich hin.

„Machst du dich über mich lustig?", fragte sie ihn lachend.

„Warum sollte ich? Ich genieße deine Begeisterungsfähigkeit. So viele Menschen nehmen das alles gar nicht mehr wahr und finden das selbstverständlich. Es ist schön, dass du dich so freuen kannst.", antwortete er lächelnd.

„Ich bin in meinem Leben noch nicht oft geflogen und das letzte Mal ist schon sehr lange her.", sagte Stefanie etwas verlegen.

„Das merkt man und genau das gefällt mir.", antwortete er.

Plötzlich klingelte sein Handy und er holte es aus seinem Hemd.

„Ist telefonieren im Flugzeug nicht verboten?", fragte Stefanie erschrocken.

„Mittlerweile nicht mehr.", antwortete Jan und schaute auf sein Display. Stefanie musste unwillkürlich auch schauen und sah, dass dort „Natascha ruft an" stand. „Da muss ich leider ran gehen.", sagte er entschuldigend zu Stefanie.

„Ja…ich bin nicht in Köln, erst wieder am Samstag. Rufe Sergei an, okay?"

„Gibt`s Probleme?", fragte Stefanie vorsichtig. Schon wieder rief ihn eine Frau an, ob das auch eine Kollegin war?

„Nicht für mich. Ich bin im Urlaub. Mit dir!", antwortete Jan und küsste sie. Aber Stefanie spürte, dass sie eifersüchtig war. Er kannte viele Frauen…

16

Als sie aus dem Flughafen traten, schien ihnen die warme Sonne ins Gesicht und der Duft von Mandelblüten, Olivenbäumen und dem Meer lag in der Luft. Stefanie blieb stehen und atmete den Duft mit geschlossenen Augen tief ein. Wie sehr sie sich danach gesehnt hatte, bemerkte sie erst jetzt. Jan holte sie aus ihren Träumen zurück, als er ihren Arm umfasste.

„Lass uns das Taxi nehmen, bevor es uns weggeschnappt wird, Liebling."

Sie öffnete ihre Augen und ging mit ihm zu dem Taxi, das direkt vor dem Eingang bereit stand. Der Taxifahrer nahm ihnen ihr Gepäck ab und verstaute es in dem Kofferraum. Sie stiegen hinten ins Taxi, Jan nannte dem Fahrer die Adresse und als der Taxifahrer losfuhr, wusste Stefanie nicht, wohin sie zuerst sehen sollte. Urlaub! Es war kein Traum. Sie war wirklich hier. Wie wunderbar…

Sie fuhren an Häusern vorbei, die alle einen typisch, südlichen Charakter hatten - hellgelbe Fassaden mit roten Ziegeldächern. Dazwischen Hotels und prächtige Fincas mit großen Gärten. Überall Palmen und blühende Oleander. Stefanie schaute überglücklich aus dem Fenster und konnte sich nicht sattsehen an dem was sie sah. Dann bogen sie links ab und Stefanie konnte das Meer sehen. Das unendliche, grünblaue Meer war am Horizont zu sehen und Stefanies Herz hüpfte vor Freude. Das Taxi fuhr ein Stück und dann konnte Stefanie vor sich eine große Finca sehen, die alleine auf einer Anhöhe gebaut worden war.

„Das ist jetzt aber nicht das Haus, in dem wir wohnen werden, oder?", fragte Stefanie ungläubig.

„Doch Schatz, dort werden wir fünf Tage wohnen.", strahlte er sie an.

„Du sagtest Häuschen….das ist eine Villa!", sagte Stefanie fassungslos. Die Finca war ein zweigeschossiges, breites Gebäude mit großen, bis zum Boden reichenden Fenstern. Der Eingangsbereich wurde von Säulen eingerahmt und zwei riesige Vasen aus Terrakotta standen davor. Sie fuhren über einen großen Kiesplatz und hielten vor der Finca. Als Stefanie aus dem Taxi stieg, schaute sie sich begeistert um und konnte durch ein geöffnetes Fenster den Pool hinter dem Haus sehen. Die Finca war lichtdurchflutet, weil es unzählige große Fenster und Türen gab. Der Pool schien riesig zu sein und am liebsten wäre sie sofort dort hinein gesprungen. Jan bezahlte den Taxifahrer, der ihnen das Gepäck aus dem Kofferraum holte und dann davon fuhr.

„Gefällt es dir?", fragte Jan grinsend.

„Ob es mir gefällt? Es ist ein Traum!", antwortete Stefanie und fiel Jan um den Hals. Dann schaute sie ihn an und fragte: „Das kostet doch sicher ein Vermögen. Ich möchte mich auf jeden Fall beteiligen!"

„Das kommt gar nicht in Frage! Außerdem kostet mich dieses Domizil gar nichts. Ein Bekannter hat sich hiermit revanchiert. Genieße es einfach, Schatz."

„Du hast aber wohlhabende Bekannte...", lachte Stefanie. „Und ob ich es genießen werde!"

Sie gingen auf die Eingangstür zu, als sich diese öffnete und ein älterer Herr heraus trat. Er kam lächelnd auf sie zu und sagte etwas in Spanisch zu ihnen. Stefanie verstand die Sprache nicht, aber er redete unaufhörlich weiter und hielt Jan den Schlüssel hin.

„Gracias Señor", antwortete Jan und nahm den Schlüssel entgegen. Der ältere Mann ging daraufhin über die Kieseinfahrt fort.

„Hast du verstanden, was er gesagt hat?", fragte Stefanie neugierig.

„Nö, aber ich habe alle Instruktionen vom Besitzer. Dieser Spanier passt auf das Haus auf, wenn es nicht

bewohnt wird. Komm, wir schauen es uns an." Er
nahm ihre Hand und sie betraten lächelnd die
wunderschöne Finca. Innen war der Boden überall hell
gefliest, die Räume waren großzügig und hatten hohe
Decken. Die Terrassentüren standen offen und Stefanie
trat heraus an den beeindruckenden Pool. Er war
stufenförmig in den Hang gebaut und bestand aus 3
Etagen. So etwas hatte Stefanie noch nie gesehen und
stieß einen Schrei vor Freude aus. Jan lachte.

„Hier kann man es aushalten oder?"

„Es ist der Wahnsinn! Der absolute Wahnsinn!" rief
Stefanie überglücklich aus.

„Sind wir alleine?", fragte sie Jan übermütig.

„Jetzt ja. Wieso?" Und schon wusste er warum sie
gefragt hatte. Stefanie zog sich ihre Jeans, Shirt und
Unterwäsche aus und sprang nackt in den Pool. Sie
jauchzte vor Freude und spritzte ihn mit Wasser nass.

„Komm auch hinein!", forderte sie ihn kess auf. Das
ließ er sich nicht zweimal sagen. Er zog sich auch nackt
aus und sprang ihr hinterher. Sie schwamm auf ihn zu
und umschlang ihn mit ihren Beinen. Er packte sie fest
und küsste sie leidenschaftlich. Das Wasser reichte
ihnen bis Brusthöhe und sie spürte, wie erregt er jetzt

war, schon glitt er in sie hinein. Sie liebten sich stürmisch im Wasser und es bedurfte nur ein paar Stößen, da kamen sie gemeinsam zum Höhepunkt. Er ging mit ihr zum Beckenrand, ohne sie loszulassen und hob sie auf die Fliesen. Dann vergrub er seinen Kopf zwischen ihren Beinen und ließ seine Zunge leidenschaftlich über ihre intimste Stelle gleiten. Sie war immer noch so erregt, dass sie schon bald ein weiteres Mal kam.

Sie lagen nackt auf den Sonnenliegen, die rund um den Pool standen und genossen die Nachmittagssonne. Stefanie seufzte glücklich und schaute Jan an. Er hatte einen herrlichen Körper und seine Muskeln glänzten in der Sonne, während er schlief. Was hatte sie nur für ein Glück, dass sie diesem Mann begegnet war. Hätte sie nicht versucht zu Fuß ins Hotel zurück zu laufen, dann wäre sie ihm nie begegnet. Er war zur richtigen Zeit am richtigen Ort. Was immer er auch da gemacht hatte…

Er wachte auf und schaute Stefanie an.

„Beobachtest du mich etwa?", fragte er gespielt ernst.

„Ja. Ich kann mich nicht satt an dir sehen!", erwiderte Stefanie lächelnd. „Ich suche mal das Bad." Sie stand auf und ging ins Haus. Wo wohl das Bad war? Sie ging von einem Zimmer in das andere, aber hatte das Bad noch nicht gefunden. Vielleicht war es oben. Sie ging zurück in den Flur, als sie ein Handy klingeln hörte. Sie dachte erst, es wäre ihres, aber dann hörte sie es in Jan Tasche klingeln. Aus irgendeinem Grund war sie plötzlich neugierig, wer anrief und öffnete die Tasche um auf das Handy zu schauen. Das Display leuchtete und sie konnte lesen, dass dort „Elena ruft an" stand. Irritiert schloss sie die Tasche wieder und ging nach oben. Sie fand das Bad und schloss die Tür ab. Dann setzte sie sich auf den Rand der riesigen Badewanne und dachte nach. Wer waren diese Frauen, die ihn ständig anriefen? Stefanie spürte plötzlich einen Schmerz in ihrer Brust und die Tränen schossen ihr in die Augen. Spielte Jan ein falsches Spiel mit ihr? Sie bekam kaum Luft und atmete schwer. Sie sog die Luft angestrengt ein und pustete sie wieder hinaus, bis sie sich wieder beruhigt hatte. Dann schaute sie sich um und sah ein beeindruckendes Badezimmer aus Marmor und Granit. Die Badewanne war ein Whirlpool und es passten locker drei Personen hinein. Das Bad ist so groß wie mein Wohnzimmer, schoss es Stefanie durch den Kopf. Wem gehörte diese Finca wohl?

Sie wusch sich das Gesicht und machte sich frisch, dann ging sie wieder zu Jan auf die Terrasse. Er war wach und strahlte sie an, als sie näher kam.

„Da bist du ja. Ich habe dich schon vermisst.", sagte er mit einem Blick, der Stefanie schon wieder heiß machte.

Sie wollte die wertvolle Zeit mit ihm genießen und sich nicht mit solch negativen Gedanken den Urlaub verderben. Da knurrte ihr Magen hörbar.

„Hast du Hunger? Sollen wir etwas essen gehen?", fragte Jan besorgt. „Außer diesem Sandwich im Flugzeug habe ich auch heute noch nichts gegessen. Komm, wir suchen uns ein schönes Restaurant."

Stefanie zog sich ein Sommerkleid an, weil es immer noch schön warm war und steckte sich ihre Haare mit einer Spange hoch. Als Jan sie so sah, schaute er sie begeistert an.

„Du siehst wunderschön aus, mi Amor."

„Oh danke schön…", erwiderte sie verlegen. Dann rief er bei der Taxizentrale an und bestellte ein Taxi zur Finca. Man verstand ihn dort auch ohne Spanischkenntnisse und schon ein paar Minuten später traf das Taxi ein, das sie nach einer kurzen Unterhaltung auf Deutsch und Englisch zu einem Restaurant brachte, in dem fast nur Einheimische speisten.

Sie bestellten Paella und dazu köstlichen Rotwein. Die Gambas in der Paella waren so groß wie Hühnerbrüste und schmeckten herrlich. Als die Sonne unter ging, stand sie mit Jan am Strand und schaute der Sonne zu, wie sie langsam am Horizont verschwand. Sie konnte sich nicht erinnern, wann sie das letzte Mal so glücklich gewesen war. Sie küssten sich erst liebevoll und dann leidenschaftlich, bevor sie sich in den Sand fallen ließen…

17

Tobias war den ganzen Tag schlecht gelaunt gewesen und ließ auch abends seinen Unmut an Johanna aus. Diese wehrte sich aber und motzte zurück. Sie stritten sich, bis Johanna wütend in ihrem Zimmer verschwand. Lass mich einfach in Ruhe, rief Tobias wütend, da klingelte sein Handy. Boris war dran.

„Hi Boris, was geht?", fragte Tobias und versuchte besonders cool zu wirken.

„Ich habe neue Informationen für dich. Ich weiß jetzt wer der Russe war, den wir in der Shisha Bar gesehen haben.", sagte Boris verschwörerisch.

„Echt? Erzähl…", sagte Tobias aufgeregt.

„Er heißt Sergej. Er handelt mit Drogen und er soll mehrere Pferdchen am Laufen haben."

„Pferdchen?", fragte Tobias irritiert.

„Nutten.", erwiderte Boris

„Ach so…ja.", antwortete Tobias und tat so, als wäre ihm das selbstverständlich bekannt.

„Man erzählt, dass er hauptsächlich russische Frauen nach Deutschland holt und sie hier auf den Strich schickt. Ist schon merkwürdig, dass er mit diesem Bullen zusammen steht…"

„Allerdings…", antwortete Tobias nachdenklich. „Danke Boris."

„Kein Thema. Ich höre mich weiter um. Ciao."

„Ciao.", sagte Tobias und legte auf.

Er war sich jetzt ganz sicher, dass dieser Jan nicht der war, den er vorgab zu sein. Er musste nur handfeste Beweise haben und die seiner Mutter vorlegen, dann würde sie ihm schon Glauben schenken. Es machte ihn so wütend, dass sie sich von ihm so blenden ließ und mit ihm in den Urlaub geflogen war. Der Typ hatte Dreck am Stecken, das stand für ihn fest. Er musste diese Woche auf jeden Fall ausnutzen, dass seine Mutter nicht da war und nochmal nach Köln fahren. Er schrieb Nils an, aber der machte ihm wenig Hoffnung. Seine Eltern wollten nicht, dass sie unter der Woche spät nach Hause kamen. Sie gingen jetzt auf eine Privatschule und sie sollten sich auf das Lernen konzentrieren.

„Sorry Alter, das klappt erst wieder am Wochenende", schreib ihm Nils zurück. Enttäuscht ging Tobias in die Küche und machte sich einen Toast. Johanna aß nie viel und so musste er sich diese Woche alleine verköstigen. Aber seine Mutter hatte genug Pizzen eingekauft, die er sich in den Ofen schieben konnte. Bei diesem Gedanken bekam er Appetit, holte sich eine Pizza aus dem Eisfach und schob sie in den Backofen. Während sie aufgebacken wurde, setzte er sich ins Wohnzimmer und schaltete den Fernseher ein. Er zappte durch die Sender, bis er plötzlich etwas interessantes sah. Auf einem Nachrichtensender wurde etwas über die Mafia berichtet und deren Verbreitung in Deutschland. Mehrere Personen wurden gezeigt, die im Zusammenhang mit der Mafia standen und die unter anderem wegen Menschenhandel, Drogenhandel, Schutzgelderpressung, illegalem Waffenbesitz und noch einiger anderer kriminellen Machenschaften verurteilt worden waren. Plötzlich sah er ein Foto, auf dem mehrere Männer zusammenstanden und einer von ihnen kam Tobias sehr bekannt vor. Er lief in sein Zimmer, um sein Handy zu holen und suchte in der Galerie nach dem Foto, das er in Köln gemacht hatte. Da war er! Er stand mit Jan und diesem Sergej zusammen. Er hatte es gewusst! Oh mein Gott, dieser Jan hatte Kontakt zur Mafia! Das musste er sofort Johanna erzählen. Er lief nach oben in ihr Zimmer und riss ihre Tür auf.

„Hey, kannst du nicht anklopfen?“, sagte Johanna wütend. Sie war noch immer sauer auf ihn.

„Du glaubst nicht, was ich gerade herausgefunden habe!“, sprudelte es aus Tobias heraus, der Johannas Protest völlig überging. „Weißt du wer das ist?“ Er zeigte Johanna das Foto und zeigte mit dem Finger auf den Mann aus dem Fernsehen.

„Du wirst es mir sicherlich gleich sagen.“, erwiderte Johanna immer noch wütend.

„Der Typ ist von der Mafia!“, sagte Tobias aufgeregt.

„Ach du spinnst!“, antwortete Johanna genervt. „Woher willst du das denn jetzt wissen?“

„Ohne Scheiß, ich hab den gerade eben im Fernsehen gesehen! Der Typ hat mit der Mafia zu tun und jetzt haben wir den Beweis, dass dieser Jan ein mieser Kerl ist!“

„Bist du dir da sicher? Ich meine, auf dem Foto kann man ja nicht wirklich viel erkennen… Ich glaube, du willst einfach, dass er ein Scheißkerl ist…“, erwiderte Johanna skeptisch.

„Warum nimmst du ihn noch in Schutz?“, brauste Tobias auf und verließ wütend Johannas Zimmer. Er ging in sein Zimmer und knallte die Tür hinter sich zu. Warum glaubte sie ihm nicht? Er hatte den Mann erkannt, da war er sich ganz sicher.

Er ließ sich in seinen Sessel fallen und versuchte sich zu beruhigen. Das Schlimmste für ihn war, wenn man ihm keinen Glauben schenkte. Als wäre er ein Lügner, dabei hasste er Lügen.

Er schrieb Boris an und erzählte ihm von seiner Entdeckung. Der war nicht so skeptisch wie Johanna und konnte sich gut vorstellen, dass Tobias Recht hatte mit seiner Vermutung. Er wollte sich nochmal umhören und sich melden, wenn er etwas herausgefunden hatte. Jetzt fühlte sich Tobias schon besser und ihm fiel ein, dass seine Pizza noch im Backofen war…

Am nächsten Morgen sprach er kein Wort mit Johanna und aß nur stumm sein Toast neben ihr in der Küche. Sie versuchte auch nicht die Stille zu unterbrechen und Beide verließen anschließend beleidigt das Haus. Tobias lief zur Arbeit und hörte über Kopfhörer Musik dabei. Da kam ein Anruf von Boris rein.

„Ey Alter, du hattest Recht. Der Typ gehört tatsächlich zur russischen Mafia. Und dieser Sergej hat da auch seine Finger drin. Es ist gefährlich, sich mit solchen Typen einzulassen. Dieser Bulle spielt da ein ganz heißes Spiel…", erzählte ihm Boris.

„Glaubst du also auch, dass dieses Treffen nicht dienstlich war?", fragte Tobias aufgeregt.

„Auf keinen Fall Alter. Der ist ein Streifenbulle, was soll der sich mit der russischen Mafia treffen? Nee, der hat da in einer ganz üblen Sache seine Finger drin. Wahrscheinlich lässt er sich schmieren…", sagte Boris abfällig.

„Aber wie können wir das beweisen?", fragte Tobias nachdenklich.

„Das wird schwierig werden. Ich meine, du hast ja das Foto, auch wenn man da nicht wirklich viel erkennt. Aber dazu muss er erstmal Stellung beziehen."

„Da hast du Recht.", erwiderte Tobias gedankenverloren…

18

Als Stefanie die Augen öffnete, musste sie lächeln, weil es doch kein Traum gewesen war, sondern wunderschöne Realität. Jan lag schlafend neben ihr und erholte sich von der strapaziösen Nacht. Sie hatten sich gegenseitig immer wieder heiß gemacht, so dass sie erst in den Morgenstunden vor Erschöpfung eingeschlafen waren. Sie schlich leise aus dem riesigen Kingsize Bett und ging barfuß nach unten in die großzügige, offene Küche. Dort stand ein Kaffeevollautomat und im Schrank darüber fand sie eine Tasse. Sie machte sich einen Kaffee, nahm die Tasse mit auf die Terrasse und setzte sich in einen der Teakholzsessel, die um einen großen Tisch herum unter der Überdachung standen. Die Sonne stand schon hoch am Himmel und es war herrlich warm. Stefanie trank genüsslich ihren Kaffee und schaute dabei auf das Meer. Sie sah ein paar Fischerboote, die auf dem Meer auf Fischfang waren und einige Jachten, auf denen ihre Besitzer Urlaub machten. Sie hörte nur die Grillen zirpen, ansonsten war es wunderbar still. Der Wind blies ihr warm ins Gesicht und sie schloss die Augen, um diesen Moment in vollen Zügen zu genießen.

„Hier bist du…", hörte sie nach einer Weile Jan hinter sich sagen. Sie drehte sich um und sah Jan nackt vor ihr stehen. Er rekelte sich in der Sonne und kam dann zu ihr, um ihr einen Kuss zu geben. Schon regte sich wieder etwas in ihrem Unterleib, aber sie brauchte dringend eine Pause.

„Es ist herrlich hier.", sagte sie verträumt.

„Nicht wahr? Ich hatte Fotos gesehen, aber die geben nicht annähernd dieses Ambiente wieder. Hier könnte man es aushalten, oder?", fragte er sie augenzwinkernd.

Stefanie lachte auf. „Oh ja. Aber wer kann sich das schon leisten? Also ich nicht." Jan sagte nichts, sondern schaute nur auf das Meer hinaus.

„Wem gehört das Haus eigentlich?", fragte Stefanie neugierig.

„Ich sagte doch, einem Freund.", antwortete Jan knapp und Stefanie hatte den Eindruck, dass er darüber nicht sprechen wollte. Sie schwieg deshalb und trank ihren Kaffee in Ruhe aus.

„Ich hüpfe mal in den Pool. Kommst du mit?", fragte er nach ein paar Minuten des Schweigens mit einem Augenzwinkern.

„Ich komme später nach. Ich brauche erst noch einen Kaffee…", erwiderte Stefanie, erhob sich und ging in die Küche. Auf der langen Theke lag sein Handy und Stefanie überlegte kurz, ob sie mal nachschauen sollte, wer ihn so alles anrief. Aber dann schämte sie sich für diesen Gedanken und machte sich einen neuen Kaffee. Der Gedanke an diese Frauen ließ sie aber nicht los und sie spürte wie der Zweifel an ihr nagte. Sie schaute aus dem Fenster und sah, wie Jan im Wasser seine Bahnen zog, dann nahm sie zaghaft sein Handy und drückte auf den Powerknopf. Das Display leuchtete auf und sie konnte lesen „bitte geben sie den PIN ein". Schnell legte sie das Handy wieder zurück und hatte ein schlechtes Gewissen. Es war nicht in Ordnung an das Handy des Partners zu gehen, aber sie brauchte irgendwie Gewissheit. Vielleicht sollte sie ihm sagen, welche Bedenken sie hatte. Es gab sicherlich eine ganz einfache Erklärung. Da klingelte sein Handy. „Svetlana ruft an" stand auf dem Display. Sie überlegte angestrengt, was sie tun sollte, nahm dann das Handy und tippte auf den grünen Hörer.

„Tom?", hörte sie eine Frauenstimme sagen.

„Nein, hier ist seine Freundin.", antwortete sie selbstbewusst.

„Ich muss Tom sprechen. Dringend!", sagte die Frau aufgeregt mit einem russischen Akzent.

„Moment…", sagte Stefanie und hatte plötzlich schreckliche Gewissensbisse. Sie ging mit dem Handy zum Pool und rief Jan. Er schwamm zu ihr rüber und nahm ihr das Handy ab. Dabei warf er ihr einen verärgerten Blick zu.

„Ja?", sagte er ernst. „Ich bin nicht in Köln, rufe Sergej an. Ich kann von hier aus nichts tun. Ich melde mich, wenn ich wieder zurück bin." Er reichte Stefanie das Handy und schwang sich auf den Beckenrand.

„Es hatte geklingelt und ich dachte, dass es vielleicht wichtig ist.", rechtfertigte sie sich.

„Alles gut. Ich mache dir keinen Vorwurf.", sagte er ernst. Dennoch fühlte sich Stefanie sehr unwohl.

„Wer sind diese Frauen?", fragte sie ihn schließlich.

Er überlegte und atmete tief ein, bevor er antwortete.

„Es sind Frauen, die in einem Zeugenschutzprogramm sind. Sie werden gegen die russische Mafia aussagen und ich bin ihre Kontaktperson. Im Moment allerdings ist es Sergej, ein Kollege von mir. Sie leben in einer Wohnung in Köln und verlassen sie nur, wenn es unbedingt nötig ist. Ihre Sicherheit hat oberste Priorität! Du musst mir versprechen, dass du Niemandem davon erzählst! Es könnte lebensgefährlich sein."

Stefanie hörte ihm aufmerksam zu und fühlte sich plötzlich unglaublich gemein, dass sie ihm unterstellt hatte, er würde ein falsches Spiel mit ihr spielen. Er war ein ehren- und gewissenhafter Polizist, der alles dafür tat, um diese Frauen zu schützen. Sie bekam große Hochachtung vor ihm und plötzlich auch unbändige Lust. Sie beugte sich zu ihm hinunter und küsste ihn leidenschaftlich. Er zog sie ins Wasser und drückte sie dann fest an sich. Wieder umschlang sie ihn mit ihren Beinen und wieder spürte sie seine heftige Erregung, die schnell den Weg in sie fand. Sie liebten sich heftig und wild und Stefanie war froh, dass sie so einsam wohnten, weil sie ihre Lust laut heraus schrie.

Der Kühlschrank war voll mit leckeren Sachen, die wohl der ältere Herr eingekauft hatte und so frühstückten sie ganz gemütlich auf der sonnigen Terrasse.

„Was möchtest du heute noch so machen?", fragte er Stefanie sanft.

„Ich weiß nicht… gibt es hier etwas Schönes zu sehen?", fragte Stefanie interessiert.

„Oh ja. In Palma steht eine Kathedrale. Sie wird von den Mallorquinern „La Seu" genannt und ist aus dem 13. Jahrhundert. Außerdem ist da noch „Castell de Bellver", eine Burg, von der man zweifelsohne den besten Blick über die Stadt Palma hat. Oder wir gehen in die Drachenhöhlen…", sagte Jan verschwörerisch.

„Drachenhöhlen?", fragte Stefanie neugierig

„Ja, eine 1,7 km lange Höhle bei Porto Cristo. Da lebten einst echte Drachen…"

„Du nimmst mich auf den Arm!", sagte Stefanie lachend.

„Sehr gerne…", erwiderte er augenzwinkernd.

„Ich möchte alles sehen!", sagte Stefanie euphorisch.

„Okay, dann zieh dich an, meine Schöne.", antwortete Jan und gab ihr einen Klaps auf den Po. Sie schrie kurz auf und lief lachend ins Schlafzimmer.

Sie verlebten einen herrlichen Tag und schauten sich alle Sehenswürdigkeiten an, die Jan vorgeschlagen hatte. Mit dem Taxi fuhren sie quer über die Insel und genossen die ungezwungene Zeit zu zweit. Zwischendurch machte Stefanie Fotos und schickte sie an Tobias, Johanna und Elke und auch Thorsten bekam das eine oder andere Foto. Aber die meiste Zeit dachte sie nicht an Zuhause, sondern lebte im Hier und Jetzt mit dem Mann, den sie über alles liebte.

So vergingen die Tage wie im Flug und schon war es Samstagmorgen und das Taxi holte sie ab, um sie zum Flughafen zu bringen. Stefanie war sehr traurig, weil sie wusste, dass sie ihn ab jetzt nicht mehr 24 Stunden bei sich hatte. Nach der Landung würde jeder in sein Zuhause fahren und sie müsste wieder alleine in ihrem Bett schlafen. Es war so herrlich von Sonnenstrahlen geweckt zu werden und in seinem Arm zu liegen. Sie hatten sich jede Nacht mehrmals geliebt und auch tagsüber kaum eine Gelegenheit ungenutzt gelassen, auch wenn es nur in einer Toilette in einem Restaurant war. Er brauchte sie nur anzusehen und sie war bereit für ihn. Da er wollte, dass sie ohne Slip herum lief, hatte er stets freien Zugriff und hatte zwischendurch öfters geprüft, wie sehr sie ihn begehrte. Dieses Spiel genossen Beide sehr. Doch das war jetzt vorbei…

Sie stopfte die letzten Sachen in ihren Koffer und trug ihn dann nach unten. Noch einmal schaute sie sich melancholisch um und nahm Abschied von ihrem Liebesnest, in dem sie die schönste Zeit seit Langem verbracht hatte. Jan rief nach ihr, weil sie sich beeilen mussten und so ging sie schweren Herzens zum Taxi und setzte sich neben Jan auf den Rücksitz, während der Taxifahrer ihren Koffer verstaute. Sie schwiegen Beide auf der Fahrt zum Flughafen und Stefanie schaute die ganze Zeit aus dem Autofenster, um nochmal einen Blick auf das Meer zu erhaschen.

Der Rückflug war ohne Turbulenzen und ging viel zu schnell um. Sie flogen erneut erster Klasse und Stefanie genoss noch einmal das Ambiente mit einem Glas Champagner. Diesmal teilten sie sich die Business Class mit einer mallorquinischen Familie, die sich rege auf Spanisch unterhielten und Stefanie freute sich über die letzten Urlaubsklänge. Dann landeten sie wieder in Köln und hier regnete es. Sie küssten sich zum Abschied und Stefanie kamen die Tränen, als er sie fest im Arm hielt und ihr „Ich liebe dich" ins Ohr flüsterte. Dann stieg sie in ihr Auto und fuhr traurig nach Hause.

19

Tobias hatte die ganze Woche überlegt, wie er es am besten anstellen sollte, Jan mit seinen Erkenntnissen zur Rede zu stellen. Am liebsten hätte er ihn angerufen, wenn er seine Telefonnummer gehabt hätte, aber das verwarf er dann auch wieder. Er wollte sein Gesicht sehen, wenn er ihm auf den Kopf zusagen würde, was für ein mieses Schwein er wäre und wenn seine Mutter das alles erfahren würde, wäre es aus und vorbei mit diesem Mistkerl. Er konnte es kaum abwarten, seiner Mutter reinen Wein einzuschenken.

Johanna hatte sich die ganze Woche kaum mit Tobias unterhalten. Sie war ihm aus dem Weg gegangen und hatte sich hauptsächlich in ihrem Zimmer aufgehalten. Tobias war das Recht, da er eh am liebsten alleine war. Am Samstagmorgen rief ihn Johanna in die Küche und forderte, dass er sich an den Aufräumarbeiten beteiligen solle, da Stefanie in ein paar Stunden nach Hause kam. Johanna spülte den Abwasch und Tobias trocknete ab. Danach saugte Johanna noch die Küche und das Wohnzimmer durch, während Tobias das Bad putzte. Johanna war zwar nicht zufrieden mit dem Ergebnis, aber hatte auch keine Lust mehr zu putzen. Dann warteten sie gemeinsam im Wohnzimmer auf Stefanies Rückkehr.

Gegen 16 Uhr kam Stefanie in Engelau an und parkte vor ihrem Haus. Johanna öffnete ihr schon die Tür und begrüßte sie fröhlich. Tobias stand im Türrahmen und sagte nichts.

„Da bist du ja endlich wieder. Wie war´s?", fragte Johanna freudestrahlend.

„Sehr schön!", antwortete Stefanie strahlend und lobte die Beiden für die Ordnung, die sie im Haus vorfand. Tobias sagte die ganze Zeit nichts und als seine Mutter von Mallorca erzählte und von der schönen Landschaft schwärmte, wäre er am liebsten in sein Zimmer gegangen. Aber er überlegte immer noch, wann der beste Zeitpunkt war, die Katze aus dem Sack zu lassen. Stefanie zeigte Johanna Fotos von der Sightseeing Tour und Johanna war begeistert von dem was sie sah. Sie war noch nie aus Engelau raus gekommen, weil ihre Mutter wenig Geld gehabt hatte und am liebsten in der Kirche gewesen war. Deshalb wollte sie alles über Mallorca wissen und Stefanie erzählte ihr euphorisch, was sie erlebt hatte.

Tobias saß auf der Couch und hörte ihnen dabei zu. Seine Mutter bemerkte nicht, dass er nichts sagte, weil sie sich die ganze Zeit mit Johanna unterhielt. Als Johanna auf die Toilette ging, nutzte er die Chance mit ihr alleine zu sein.

„Weißt du eigentlich mit wem du da Urlaub gemacht hast?", fragte er seine Mutter provokativ.

Stefanie schaute ihn ernst an und atmete tief ein.

„Was willst du mir damit sagen, Tobias?"

„Ich denke nicht, dass du weißt, dass er mit der russischen Mafia zu tun hat…", sagte er herausfordernd.

Stefanie schaute ihn entsetzt an. Dann sagte sie in einem ruhigen Ton: „Ich will davon nichts hören! Hast du mich verstanden Tobias?"

„Damit habe ich gerechnet, dass du ihn in Schutz nimmst. Du bist ja total verblendet. Der Typ ist kriminell! Er hat Kontakt zu den schlimmsten Typen und du willst nichts davon hören! War ja klar!", schrie Tobias jetzt.

„Du sollst damit aufhören!", schrie jetzt auch Stefanie und Tobias schluckte. So hatte seine Mutter noch nie mit ihm gesprochen. Sie hatte ihn noch nie angeschrien. Er stand wütend und verletzt auf und ging in sein Zimmer. Dort warf er sein Handy gegen die Wand und es fiel mit zerbrochenem Display auf den Boden.

„Scheiße!", rief er laut und warf sich auf sein Bett.

Das Handy funktionierte noch und Tobias schrieb Nils an, ob sie heute in die Shisha Bar fahren könnten und Nils antwortete ihm, dass dem nichts im Wege stand. Eine Stunde später zog sich Tobias seine Jacke und Schuhe an und verließ das Haus ohne sich zu verabschieden. Er ging zu Nils und Sven, blieb aber vor dem Haus stehen, bis die Zwillinge heraus kamen. Dann gingen sie gemeinsam zur Straße, wo Boris sie einsammelte und sie nach Köln fuhr. Im Auto erzählte er ihnen von der Unterhaltung mit seiner Mutter und ließ seinen Unmut über Jan raus.

„Ich glaube deine Mutter kannst du nicht überzeugen. Die hat wahrscheinlich eine Gehirnwäsche bekommen.", sagte Nils, als Tobias fertig war.

„Das befürchte ich auch…", antwortete Tobias wütend.

„Tja, dann kannst du nur diesen Bullen zur Rede stellen.", warf Boris ein. „Konfrontiere ihn mit deinen Beweisen und dann wirst du sehen, dass er ganz schnell das Weite suchen wird."

„So werde ich es machen!", erwiderte Tobias entschlossen. „Der wird mich kennenlernen!"

Alle lachten laut und machten ihre Witze über den Polizisten, der von Mal zu Mal kleinlauter in ihrer

Vorstellung wurde. So aufgeputscht gingen sie in die Shisha Bar und fühlten sich groß und stark.

„Am besten nimmst du das Gespräch noch mit dem Handy auf und spielst es deiner Mutter vor, wie er wie ein Baby weinend das Weite sucht.", sagte Sven lachend.

„Das ist eine geile Idee!", stimmte ihm Tobias zu und grinste fies dabei.

Sie bestellten sich alle Nachos und eine Coke und rauchten ihre Shisha, bis kein Rauch mehr kam. Mittlerweile war es schon fast 23 Uhr und Nils erinnerte sie daran, dass sie nach Hause mussten. Boris holte das Auto und Tobias schaute sich neugierig um. Da sah er Jan in einer Entfernung von ca. 500 m mit einem Mann zusammen stehen. Tobias war so aufgedreht, dass er sein Handy zückte, die Aufnahmetaste drückte und zu ihm ging. Nils und Sven schauten ihm hinterher, wie er breitschultrig auf Jan zu marschierte.

Jan sah ihn, als er noch ein paar Meter entfernt war und fing sofort an ihn zu beschimpfen.

„Was machst du denn schon wieder hier? Hatten wir nicht besprochen, dass du dich hier nicht mehr blicken lässt?", fuhr ihn Jan an.

„Du hast mir gar nichts zu sagen!", schrie Tobias und baute sich vor Jan auf. „Ich weiß, wer du bist und was du tust! Mir kannst du nichts vormachen!"

Jan schaute ihn irritiert an. „Wer ich bin? Ich denke, ich weiß wer ich bin…", lachte er laut und der andere Mann stimmte hämisch mit ein.

„Du lässt dich von der russischen Mafia schmieren und wahrscheinlich steckst du auch noch mit anderen kriminellen Typen unter einer Decke!", schrie Tobias außer sich. Jan war das Lachen vergangen und er schaute Tobias jetzt ernst an.

„Mach dich nicht lächerlich Junge…", sagte er jetzt todernst. „Fahr nach Hause! Sofort!"

Aber Tobias hatte nicht vor nach Hause zu fahren. Er wollte jetzt mit diesem Bullen abrechnen.

„Ich kann es beweisen! Ich habe ein Foto!", sagte Tobias laut und Jan schaute ihn zornig an.

„Was für ein Foto?", fragte er Tobias langsam, mit finsterem Blick.

„Ein Foto auf dem du mit dem Sergej und dem Mafiatypen zusammen stehst!", sagte Tobias jetzt nicht mehr so selbstsicher, weil ihm Jan immer näher kam.

„Du löscht dieses Foto sofort, sonst wirst du es bereuen. Das schwöre ich dir!", zischte er Tobias zu.

Tobias fühlte sich plötzlich sehr eingeschüchtert und überlegte, ob es wirklich so eine gute Idee gewesen war, Jan alleine zur Rede zu stellen.

„Was meinst du damit?", fragte Tobias ruhig.

„Wenn du schon weißt, dass ich mit der Mafia zu tun habe, weißt du sicherlich auch, was die Mafia mit solchen Typen wie dir anstellt.", flüsterte Jan und machte eine Handbewegung, als würde er sich die Kehle aufschlitzen. Tobias hatte genug gehört. Er drehte sich um und ging schnellen Schrittes zu Nils und Sven, die auf ihn warteten.

„Ey Alter, was ist los? Du bist ja ganz weiß im Gesicht?", fragte ihn Sven erschrocken. „Was hat der Typ zu dir gesagt?" Tobias aber schwieg und sagte kein Wort mehr. Er holte stattdessen sein Handy raus und überprüfte die Aufnahme. Man konnte klar und deutlich hören, was Jan gesagt hatte und alle drei blieb der Mund offen stehen.

„Was machen wir jetzt?", brach Sven das Schweigen.

„Jetzt weiß er, dass du Bescheid weißt. Du wirst sehen, der meldet sich nicht wieder bei deiner Mutter.", beschwichtigte ihn Boris.

„Hoffentlich…", sagte Tobias leise und wollte nur noch nach Hause.

20

Stefanie saß fast das ganze Wochenende auf der Couch und schaute sich sehnsuchtsvoll die Fotos an, die sie in ihrem Urlaub mit Jan gemacht hatte. Es waren Fotos von Mallorca und seinen Sehenswürdigkeiten, aber auch Fotos von Jan und von ihnen Beiden. Wie sie sich küssten, wie er sie ansah, wie er nackt schlief und wie er unter der Dusche stand. Sie betrachtete seinen Körper und sein Gesicht und fuhr zärtlich mit dem Finger über das Display. Es war erst ein paar Stunden her, dass sie ihn nicht mehr gesehen hatte und sie vermisst ihn schon so sehr, dass es wehtat. Zwischendurch rief Elke an, als sie gedankenverloren aus dem Fenster schaute.

„Naaaaa? Wie war's?", fragte Elke neugierig.

„Ach Elke, es war einfach nur traumhaft schön.", schwärmte ihr Stefanie vor.

„Das war ja eine ganz schön noble Hütte, in der ihr da wart. Was kostet denn so etwas?"

„Wir mussten nichts dafür bezahlen. Die Finca gehört einem Freund von Jan und er meinte, er wäre ihm noch etwas schuldig gewesen.", erklärte Stefanie.

„Aha. Der hat aber reiche Freunde. Hm…Und der Flug? Ihr seid First Class geflogen, oder? Der kostet auch jede Menge. Verdient man als Polizist so gut?", wollte Elke wissen.

„Ich kenne seine finanziellen Verhältnisse noch nicht Elke und ich freue mich einfach darüber, dass er so spendabel ist. Das würdest du doch sicherlich auch tun, oder?", fragte Stefanie spitz.

„Ich gönne dir das von Herzen Süße, verstehe mich bitte nicht falsch! Ich finde es nur merkwürdig, dass er sich so etwas leisten kann.", erwiderte Elke beschwichtigend.

„Vielleicht hat er geerbt oder seine Exfrau war reich, keine Ahnung. So gut kenne ich ihn noch nicht."

„Genau das meine ich ja. Du kennst ihn eigentlich noch gar nicht. Bitte sei einfach vorsichtig, okay?", bat Elke sie.

„Willst du ihn mir madig machen?", fragte Stefanie beleidigt.

„Um Gottes Willen, nein! Ich habe nur Bedenken, dass er ein Schaumschläger ist, der dich blendet.", antwortete Elke besorgt.

„Also ich war jetzt fünf Tage und Nächte mit ihm zusammen und ich kann dir sagen, dass es sich verdammt gut angefühlt hat und das ist alles was zählt.", sagte Stefanie trotzig.

„Und was hast du in den fünf Tagen und Nächten über ihn erfahren?", fragte Elke provokativ.

„Warum magst du ihn nicht?", drehte Stefanie den Spieß um.

„Ich kenne ihn ja gar nicht! Wie kann ich ihn dann beurteilen? Ich habe einfach Angst um dich!", sagte Elke aufgebracht.

„Du brauchst dir keine Sorgen um mich machen. Er ist ein wunderbarer Mann und tut mir einfach gut. Ich war schon lange nicht mehr so glücklich, verstehst du?", erwiderte Stefanie besänftigend.

„Und das freut mich für dich! Aber bitte versuche etwas über ihn zu erfahren. Ich finde es einfach merkwürdig, dass er deine Freunde nicht kennenlernen will oder du seine. Du nicht?", fragte Elke provokativ.

„Das wird schon noch kommen. Bis jetzt hatten wir einfach keine Gelegenheit dazu."

„Genau! Warum nicht? Warst du schon mal bei ihm Zuhause? Weißt du überhaupt wo er wohnt?", bohrte Elke.

„Ich weiß nicht, was das hier soll. Du scheinst mir doch nicht zu gönnen, dass ich einen so tollen Mann gefunden habe! Es tut mir leid, dass du so ein Pech mit Andreas hattest, aber deshalb sind nicht alle Männer schlecht. Ich lasse mir Jan nicht madig machen und ich finde es sehr traurig, dass du dich nicht einfach für mich freust!", sagte Stefanie aufgebracht. „Ich möchte das Gespräch jetzt beenden."

Stefanie legte auf und hatte Tränen in den Augen. Warum war ihre beste Freundin so neidisch auf sie? Sie hatte sich so gewünscht, dass Elke und Jan sich gut verstehen würden. Aber es sah so aus, als wenn das nicht passieren würde. Sie schaute aus dem Fenster und dachte über Elkes Worte nach. Es stimmte, dass Jan wenig von sich erzählte und es stimmte auch, dass sie in den fünf Tagen eher körperlich kommuniziert hatten. Aber war das nicht normal, wenn man frisch verliebt war? Sie hatten bei ihr nie die Gelegenheit ungezwungen alleine zu sein, weil sie immer damit rechnen mussten, dass Tobias oder Johanna nach Hause kämen, da hatten sie die Zeit auf Mallorca eben aus vollem Herzen genossen. Aber es stimmte auch, dass er sie nie zu sich nach Hause gebeten hatte. Warum eigentlich nicht? Vielleicht fühlte er sich bei mir wohler, dachte sich Stefanie. Oder er hat eine kleine, ungemütliche Wohnung… Aber wie konnte er sich dann die Business Class leisten? Sie ärgerte sich plötzlich, dass es Elke geschafft hatte, Zweifel in ihr zu säen. Sie wollte nicht so misstrauisch sein und alles in Frage stellen. Sicherlich hatte Jan seine Gründe, warum er all dies noch nicht getan hatte.

Am Montagmorgen ging Stefanie gutgelaunt zur Arbeit und war mal wieder die Erste im Büro. Seit Thorsten diese Tamara kennengelernt hatte, hatte sich seine Arbeitseinstellung grundlegend geändert. Er kam zu spät ins Büro und er blieb meist nur kurz. Stefanie konnte nicht nachvollziehen, was er an dieser Frau fand. Sie war in ihren Augen einfach nur gewöhnlich und berechnend. Aber anscheinend gefiel genau das Thorsten sehr. Er kam dann kurz nach ihr und sah ziemlich übermüdet aus.

„Hey Urlauberin. Na? Wie war´s auf den Balearen?", fragte Thorsten freudestrahlend als er sie sah.

„Wunderschön. Ich wäre am liebsten noch geblieben…", schwärmte Stefanie.

„Ich bin froh, dass du wieder da bist. Hier ging es ohne dich drunter und drüber. Ich habe wohl ein ziemliches

Chaos hinterlassen…", sagte Thorsten und verdrehte die Augen.

„Na dann will ich mich mal auf die Arbeit stürzen…du siehst müde aus…", sagte Stefanie und schaute ihn fragend an.

„Bin ich auch. Ehrlich gesagt sehne ich mich nach ein bisschen Schlaf. Tamara ist eine wirklich geile Frau und der Sex mit ihr ist der Wahnsinn. Aber wir vögeln eigentlich nur noch. Verstehst du was ich meine?", sprudelte es aus Thorsten heraus.

„Ich kann es mir gut vorstellen…", sagte Stefanie nur und musste an Mallorca denken.

„Ich will mich nicht beschweren! Weiß Gott nicht, aber mir fehlt manchmal der intellektuelle Aspekt. Sich einfach schön unterhalten, so wie mit dir…", sagte Thorsten offen.

Stefanie wusste genau, was er meinte und ihr wurde schlagartig bewusst, dass auch sie sich wenig mit Jan unterhielt. Eigentlich erzählte fast immer nur sie und Jan hörte zu.

„Tamara ist da eher körperlich, verstehst du? Aber wahrscheinlich gibt es nicht Beides oder ich habe diese

Frau noch nicht kennengelernt. Du willst mich ja nicht…", sagte Thorsten augenzwinkernd.

Er war wieder ganz der Alte, dachte sich Stefanie und grinste. Dann schaltete sie den PC ein und machte erst einmal eine große Kanne Kaffee. Als sie ihm kurz danach einen Kaffee in sein Büro brachte, strahlte er sie dankbar an.

„Was weißt du eigentlich von Tamara?", wollte sie von ihm wissen.

„Ich sage ja, wir reden nicht viel. Wenn ich so darüber nachdenke, weiß ich eigentlich nicht viel von ihr. Außer, dass sie Sex liebt…", antwortete er lachend.

Stefanie warf ihm einen vielsagenden Blick zu und verließ lächelnd das Büro. Sie setzte sich auf ihren Stuhl und musste an Jan denken. Er war auch an Sex interessiert und das fand sie bisher richtig gut, aber war da noch mehr? Wenn sie an die Unterhaltungen mit Thorsten dachte, fiel ihr auf, dass sie ihm alles sagen konnte, ohne Angst, dass er sie falsch verstehen würde. Bei Jan war sie manchmal vorsichtig, weil er recht schnell aufbrausend sein konnte. Das hatte sie bisher als sehr maskulin empfunden, aber war das wirklich so? Wenn sie an die Situation mit seinem Handy dachte, erinnerte sie sich an ihr Gefühl, das sie hatte, als sie es ihm gegeben hatte. Sie hatte ein bisschen Angst gehabt. Aber es war auch nicht richtig gewesen, dass sie nachschauen wollte, dachte sich Stefanie. Sie versuchte nicht mehr an Jan zu denken und konzentrierte sich auf ihre Arbeit, die sich wie Thorsten gesagt hatte, aufgetürmt hatte.

Da kam eine Nachricht von Jan rein.

„Ich habe Sehnsucht nach meiner großen Liebe!", stand dort. Sie musste unwillkürlich lächeln und antwortete ihm:

„Ich auch mein Schatz. Sehr sogar!"

„Soll ich heute Abend vorbei kommen?", schrieb er zurück.

„Das wäre wunderbar! Ich koche uns etwas Leckeres!"

Sie legte das Handy beiseite und arbeitete lächelnd weiter.

21

Tobias hatte den ganzen Sonntag in seinem Zimmer
verbracht und darüber nachgedacht, ob er den größten
Bockmist in seinem Leben gemacht hatte oder er der
mutigste Mann auf Erden war. Er hatte nervös am PC
gesessen und versucht sich mit einem Spiel abzulenken,
was ihm aber nicht gelang. Immer wieder sah er Jan vor
sich und den Gesichtsausdruck, als er sich mit der Hand
über die Kehle strich. In dem Moment hatte Tobias eine
scheiß Angst bekommen und er hätte sich fast
übergeben. Aber die Blöße durfte er sich natürlich nicht
vor den Anderen geben. Er war in der Nacht mehrmals
ins Bad geschlichen und hatte seinen Kopf in die
Kloschüssel gesteckt. Es hatte niemand bemerkt und
das war auch gut so. Nur seine Mutter hatte ihn
morgens gefragt, warum er so blass wäre, aber er war
nicht näher darauf eingegangen.

Am Montag schaute er sich ängstlich um, als er das
Haus verließ und zur Arbeit ging und drehte sich auch
mehrmals um. Aber niemand verfolgte ihn oder lauerte
ihm auf. Sein Chef hatte ihn gefragt, was mit ihm los
wäre, weil er nur Bockmist baute und seine Kollegen
motzten mit ihm. Als der Arbeitstag vorbei war, hatte
seine Angst schon nachgelassen und er war sich sicher,
dass dieser Polizist nur gedroht hatte. Er ärgerte sich

schon, dass er sich so hatte einschüchtern lassen. Das Foto hatte er natürlich nicht gelöscht und er überlegte, was er nun tun sollte. Wenn er seiner Mutter die Audioaufnahme vorspielen würde, dann würde sie ihm glauben, aber was dann? Sie würde dann gewiss Jan anrufen und ihn zur Rede stellen. So gut kannte er seine Mutter. Aber was, wenn sie dann Beide in Gefahr schwebten? Er musste gut überlegen, was er als nächstes tun sollte.

Als er zu Hause rein kam, atmete er erleichtert auf, dass seine Mutter alleine in der Küche stand. Er warf vorsichtig noch einen Blick ins Wohnzimmer, um sich zu vergewissern, dass Jan auch dort nicht saß und hängte dann beruhigt seine Jacke auf.

„Da bist du ja.", rief seine Mutter ihm zu. „Wie war dein Tag?"

„Gut", sagte Tobias nur knapp. „Gibt es was zu essen?

„Ich fang gleich an zu kochen. Jan kommt gleich auch.", antwortete Stefanie freudestrahlend.

Tobias schaute sie entsetzt an und ihm wurde schlagartig wieder übel.

„Ist alles an Ordnung?", fragte seine Mutter besorgt. „Du siehst ja aus, als hättest du den Leibhaftigen gesehen…"

Das traf es eigentlich ganz gut, dachte sich Tobias und ging schnell in sein Zimmer.

Er schrieb Nils an:

„Dieser Bulle gibt nicht auf. Er kommt gleich zum Essen!!!"

„Ach du scheiße. Und nun?", schrieb Nils zurück.

„Ich will dem auf keinen Fall zeigen, dass ich Angst vor ihm habe!!!", antwortete Tobias und dachte daran, dass er eine scheiß Angst hatte.

„Richtig so Alter! Gib´s ihm!", erwiderte Nils und Tobias dachte, dass er gut Reden hatte. Aber er hatte Recht. Er wollte nicht als Opfer dastehen und er wollte diesem Typen zeigen, dass er sich nicht bange machen lassen würde. Also duschte er schnell und schaute zwischendurch auf die Straße, ob Jan schon da war.

Er kam pünktlich um 18 Uhr und brachte Blumen mit. Seine Mutter war ganz aus dem Häuschen und er hörte sie lachen. Wenn die wüsste, dachte sich Tobias und sein Magen verkrampfte sich. Er wartete, bis seine

Mutter ihn rief, dass das Essen auf dem Tisch stand und ging dann nervös nach unten. Jan saß schon am Tisch und schaute ihn mit festem Blick an. Er verzog keine Miene, stand auf und trat ihm entgegen. Tobias, dem sowieso Blickkontakt unangenehm war, wich unwillkürlich seinem Blick aus und schaute zur Seite. Jan stand jetzt vor ihm und packte seinen Arm fester als nötig. Tobias versuchte den Schmerz zu verbergen.

„Schön, dass wir uns endlich mal wiedersehen.", sagte Jan in einem freundlichen Ton und lächelte ihn an. Doch seine Augen warfen einen eiskalten Blick auf ihn.

„Kommt an den Tisch, das Essen wird kalt.", sagte Stefanie fröhlich und strahlte Beide abwechselnd an. Johanna kam jetzt auch die Treppe herunter und setzte sich neben Jan. Tobias, der Jan gegenüber saß, starrte auf seinen Teller und traute sich nicht aufzusehen. Jan wollte von Johanna wissen, welche Fortschritte sie in ihrer Ausbildung machte und Johanna erzählte freudestrahlend von ihren Erlebnissen. Manche waren sehr lustig und alle lachten, nur Tobias nicht. Er aß schnell seinen Teller leer und wollte dann aufstehen.

„Ich fände es schön, wenn du bleiben würdest, bis wir alle mit dem Essen fertig sind, Tobias!", sagte Jan in einem freundlichen Ton und seine Mutter stimmte ihm zu.

„Ja Tobias, das finde ich auch. Wir sitzen doch gerade so gemütlich beisammen.", sagte sie lächelnd und Jan nahm ihre Hand.

Tobias wäre ihm am liebsten ins Gesicht gesprungen, aber er saß stattdessen still auf seinem Platz und starrte auf seinen Teller. Als Stefanie aufstand und anfing den Tisch abzuräumen, sprang er auf und ging zügig in sein Zimmer. Er knallte die Tür zu und ging im Zimmer auf und ab.

„Dieses Arschloch!", sagte er laut und trat gegen seinen Papierkorb, der neben dem Schreibtisch stand. Der Korb flog einen Meter weit und knallte gegen den Schrank. Da ging die Tür auf und Johanna steckte den Kopf zur Tür herein.

„Hey, was ist denn mit dir los?", fragte sie erstaunt.

„Ich hasse diesen Kerl!", schimpfte Tobias.

„Ach komm, hör doch endlich auf. Er ist doch ganz nett.", antwortete Johanna.

„Von wegen…"

„Also ich finde ihn mittlerweile ganz okay.", sagte Johanna und wollte wieder gehen. Da hielt Tobias sie auf.

„Wenn du das hier gehört hast, findest du ihn garantiert nicht mehr nett.", erwiderte Tobias und suchte auf seinem Handy die Audioaufnahme. Johanna schaute ihn irritiert an, trat in sein Zimmer und schloss die Tür hinter sich. Tobias fand die Aufnahme und spielte sie ab. Johanna hörte mit großen Augen zu und hielt sich am Schluss die Hand vor den Mund.

„Oh mein Gott. Du hattest die ganze Zeit Recht."

„Du hast mir ja nicht geglaubt…", sagte Tobias beleidigt.

„Was sollen wir jetzt tun?", fragte Johanna, die immer noch entsetzt war.

„Ich weiß es nicht…", seufzte Tobias.

„Wir müssen doch Stefanie vor ihm warnen! Er tut doch nur so nett!", sagte sie aufgeregt.

„Aber wenn er seine Drohung dann wahr macht? Und uns allen etwas antut?", warf Tobias ein.

„Dann müssen wir zur Polizei gehen!"

„Er ist die Polizei! Hast du das vergessen, Jo?", erinnerte sie Tobias.

„Versuchen müssen wir es! Sonst werden wir ihn nie los….", sagte Johanna entschlossen. „Sobald er weg ist, reden wir mit deiner Mutter!"

Jan blieb bis zum nächsten Tag und Tobias und Johanna waren froh, dass sie sich zeitig aus dem Haus schleichen konnten. Tobias war den ganzen Tag unkonzentriert und schaute ständig auf die Uhr, wann er endlich Feierabend machen konnte. Sein Chef nahm ihn beiseite und teilte ihm mit, dass er sich das nicht mehr lange anschauen würde. Das hatte ihm gerade noch gefehlt. Gegen Mittag täuschte er dann Magenschmerzen vor und durfte früher nach Hause gehen. Als er sich seinem Zuhause näherte, sah er sich nach dem BMW vom Jan um, konnte ihn aber nirgendwo sehen. Erleichtert betrat er das Haus und traf seine Mutter im Wohnzimmer an.

„Hey Tobi", begrüßte ihn seine Mutter

„Kann ich mal mit dir reden, Mama?", fragte Tobias in einem ruhigen Ton, weil er nicht wollte, dass seine Mutter sich aufregte.

„Ja. Worüber denn?", fragte sie neugierig. „Aber bitte nicht schon wieder irgendwelche Anschuldigungen gegen Jan…"

„Ich muss dir etwas zeigen.", sagte er und spielte die Audiodatei ab. Stefanie saß da und hörte zu. Zuerst wollte sie etwas sagen, aber Tobias hielt den Zeigefinger auf seinen Mund und bat sie nur zuzuhören. Am Ende der Aufnahme saß sie mit offenem Mund da und schaute Tobias entsetzt an. Dann füllten sich ihre Augen mit Tränen und sie hielt sich die Hände vor das Gesicht. Stefanie schluchzte bitterlich und Tobias stand nur da und schaute sie an. Er kam mit Emotionen nicht gut klar und wusste nicht, was er tun sollte. Er sah seine Mutter an und war erleichtert, dass sie ihm jetzt endlich glaubte. Sie stand auf, ging in ihr Schlafzimmer und schloss die Tür hinter sich ab. Stundenlang blieb sie dort und man konnte ihr Schluchzen bis unten hören.

22

Stefanie lag bäuchlings auf ihrem Bett, das Kopfkissen zwischen ihren Händen und schrie ihren Schmerz hinein. Immer wieder kamen ihr die Bilder von Mallorca in den Sinn und immer wieder schluchzte sie erneut auf. Ihr Herz schlug wie wild und brannte in ihrer Brust. Wie hatte sie sich nur so in ihm täuschen können? Ihre beste Freundin Elke hatte sie gewarnt, aber sie hatte es nicht hören wollen. Im Gegenteil, sie hatte ihr auch noch vorgeworfen, sie wäre nur neidisch. Dabei war ihr direkt etwas komisch vorgekommen. Warum war sie nur so blind gewesen? Er hatte sie die ganze Zeit angelogen. Von wegen Zeugenschutzprogramm! Er war ein korrupter Polizist, der sich schmieren ließ und kam deshalb auch kostenlos an die wunderschöne Finca. Die gehörte wahrscheinlich dem Mafiatypen…Je länger sie so da lag, je wütender wurde sie und schließlich stand sie auf und ging zu Tobias Tür. Sie klopfte an und öffnete sie. Tobias und Johanna saßen auf dem Bett und Johanna schaute sie mitleidig an.

„Es tut mir so leid Stefanie…", sagte Johanna.

„Danke Liebes. Ich brauche diese Aufnahme Tobias und das Foto, das du gemacht hast. Ich werde zur

Polizei gehen und ihn anzeigen.", sagte Stefanie verheult.

„Wir kommen mit!", erwiderte Johanna sofort. „Nicht wahr Tobi?"

„Ja klar.", antwortete Tobias.

„Gut. Lasst uns fahren.", sagte Stefanie entschlossen und ging ins Bad, um sich ihr Gesicht zu waschen. Ob wohl sie sich literweise kaltes Wasser ins Gesicht schüttete, konnte man immer noch sehen, dass sie geweint hatte, aber das war ihr jetzt egal. Sie stiegen in ihr Auto und fuhren zur nächsten Polizeidienststelle in Blankenheim. Auf dem Parkplatz vor der Polizeiwache parkte Stefanie das Auto und als sie ausgestiegen waren, nahm Stefanie Tobias in den Arm.

„Es tut mir sehr leid, dass ich dir nicht geglaubt habe Tobias! Bitte verzeih mir!", sagte Stefanie traurig und gab ihrem Sohn einen Kuss auf die Wange.

„Schon okay…", antwortete Tobias verlegen.

Als sie die Dienststelle betraten, sahen sie zwei Polizeibeamte, die sich an ihren Schreibtischen gegenübersaßen und auf ihre Bildschirme schauten. Sie stellten sich an den Tresen davor und warteten. Nach ein paar Sekunden schaute einer der beiden Polizisten auf.

„Ja bitte?"

„Ich muss sie in einer sehr heiklen Angelegenheit sprechen…", sagte Stefanie und wieder traten ihr Tränen in ihre Augen, die sie versuchte zu unterdrücken.

„Worum geht´s?", fragte der Polizist, der immer noch sitzen geblieben war.

„Ich würde das gerne mit Ihnen woanders besprechen…nicht in der Öffentlichkeit.", erwiderte Stefanie und atmete tief durch.

Der Polizist stand nun doch auf und kam zum Tresen.

„Was haben wir denn…", fragte er gelangweilt.

„Haben Sie kein Büro?", schaltete sich jetzt Tobias ein. „Es geht um einen korrupten Polizisten!"

Jetzt schaute auch der andere Polizist auf und kam an den Tresen.

„Folgen Sie mir bitte…", sagte dieser und ging voraus in einen separaten Raum. Stefanie, Johanna und Tobias folgten ihm.

„Nehmen Sie bitte Platz", forderte er sie auf und setzte sich ebenfalls auf einen der vier Stühle, die um einen rechteckigen Tisch herum standen.

„Jetzt erzählen Sie mal, um was es genau geht.", sagte der Polizist und Stefanie berichtete ihm vom ersten Treffen mit Jan und von der Finca auf Mallorca, bis hin zu dem Treffen mit Sergej und dem Mafiatypen. Dann zeigte ihm Tobias das Foto und spielte ihm die Audiodatei ab. Der Polizist saß die ganze Zeit ungerührt da und sagte nichts. Als sie fertig waren, holte er Luft und sagte:

„Korruption wird unter Polizeibeamten sehr ernst genommen. Ob mein Kollege schuldig ist oder nicht, muss ein Gericht entscheiden, wenn der Staatsanwalt Anklage erhebt. Aber bis dahin gilt auch er als unschuldig. Ich werde ihre Aussage und ihre persönlichen Daten jetzt schriftlich festhalten und die Angelegenheit dann an das Landeskriminalamt in Düsseldorf weiterleiten." Er verließ kurz den Raum und holte den Laptop.

„Er glaubt uns nicht…", sagte Tobias wütend und sprang von seinem Stuhl auf.

„Ganz ruhig Tobias. Er darf sich kein Urteil bilden, er ist Polizist und kein Richter. Er macht nur seinen Job.", versuchte Stefanie ihren Sohn zu beruhigen.

„Ach, die stecken doch alle unter einer Decke…", stieß Tobias hervor. „Als wenn die wirklich ermitteln werden!"

„Doch, das werden wir!", sagte der Polizist, der in dem Moment wieder ins Zimmer kam. „Wir untersuchen so etwas sogar sehr genau, weil wir Polizisten einen Eid abgelegt haben, dass wir das Grundgesetz und alle geltenden Gesetze der Bundesrepublik Deutschland wahren und unsere Amtspflichten gewissenhaft ausüben wollen." Er setzte sich wieder an den Tisch und klappte den Laptop auf, den er mitgebracht hatte.

„Setz dich bitte wieder hin.", sagte Stefanie zu Tobias, der sich daraufhin mürrisch wieder auf seinen Stuhl setzte.

Der Polizeibeamte nahm Stefanies und Tobias Personalien auf und gemeinsam formulierten sie den Text der Anzeige wegen Korruptionsverdacht. Nachdem sie ihre Unterschrift geleistet hatte, fiel Tobias etwas Wichtiges ein.

„Kommen wir jetzt in ein Zeugenschutzprogramm?",
fragte er den Polizisten nachdenklich. „Wir reden hier
von der Mafia und wer sagt denn, dass man uns nicht
beseitigen will, wenn Jan von der Anzeige erfährt?"

Stefanie war bei Tobias Worten plötzlich übel
geworden. Daran hatte sie überhaupt nicht gedacht. Sie
traute Jan nicht zu, dass er ihr etwas antun würde, aber
die Mafia würde es ohne Skrupel tun. Aber wo sollte sie
sich verstecken?

„Ich werde mit dem zuständigen Staatsanwalt
telefonieren und ihnen Bescheid geben. Er wird
entscheiden, ob diese Maßnahme nötig ist und was wir
in einem solchen Fall unternehmen werden. Bis dahin
sind sie in Sicherheit, da der Kollege, um den es hier
geht, noch keine Kenntnis von dieser Anzeige hat.",
erklärte der Polizeibeamte. „Haben Sie noch Kontakt zu
ihm?".

„Ich will ihn nicht mehr sehen!", antwortete Stefanie
schnell. „Er soll aus meinem Leben verschwinden!"

„Es wäre gut, wenn sie so tun könnten, als wenn alles in
Ordnung wäre, bis ich Ihnen mehr sagen kann. Er sollte
keinen Verdacht schöpfen.", sagte der Polizist mit
ernster Miene. „Schaffen sie das?"

Stefanies Magen verkrampfte sich urplötzlich. Es war schon schlimm genug, dass sie Jan nie wieder sehen würde, nach all dem, was sie jetzt über ihn wusste. Aber der Gedanke, dass sie ihn weiterhin sehen würde, war noch viel schlimmer. Wie sollte sie ihn anlächeln oder gar küssen?

„Von welchem Zeitraum sprechen wir denn?", fragte Stefanie nervös.

„Ich denke, dass ich ihnen in ein paar Tagen Bescheid geben kann. Wenn wir sie in ein Zeugenschutzprogramm aufnehmen, muss alles gut organisiert sein." Der Polizist schaute sie durchdringend an. „Schaffen Sie das?"

„Habe ich eine andere Wahl?", fragte Stefanie und atmete tief ein.

„Nein…", antwortete der Polizist sachlich. „Wenn er etwas bemerken sollte, muss er handeln. Für ihn steht viel auf dem Spiel."

Stefanie schaute Tobias an. Er war ganz blass und seine Augen verrieten ihr, dass er Angst hatte. Sie musste jetzt stark sein! Für ihren Sohn musste sie diese Rolle spielen, egal wie sehr es sie schmerzte. Jan durfte nichts bemerken und sich in Sicherheit wiegen. Anders würde sie ihn nicht mehr loswerden und sie wollte nicht den Rest ihres Lebens in Angst leben…

„Ich schaffe das!", sagte Stefanie entschlossen und warf Tobias einen aufmunternden Blick zu. Sie würde in den nächsten Tagen Ausreden erfinden, warum sie keine Zeit hätte und so einem persönlichen Treffen mit Jan aus dem Weg gehen. Schriftlicher Kontakt sollte kein Problem sein und Telefonate würde sie kurz halten. Wenn es nur schnell vorbei wäre.

In dem Moment klingelte ihr Telefon und sie holte es aus ihrer Tasche um es auf lautlos zu stellen. Als hätte er es geahnt, war es Jan der anrief. Stefanies Magen krampfte sich wieder zusammen und ihr Herz brannte vor Kummer. Noch vor ein paar Stunden wäre sie überglücklich ans Telefon gegangen und hätte sich gefreut seine angenehme Stimme zu hören, die ihr etwas Liebes oder auch Verruchtes ins Ohr geflüstert hätte. Vielleicht hätte er sie gefragt, ob sie einen Slip trägt oder einen BH und wenn ja warum. Sie hätte gelacht und wäre bei seinen Worten erregt gewesen. Sie musste an den letzten Sex mit ihm denken und wie sehr sie ihn genossen hatte. Seine Art sie zu küssen und ihr zu zeigen, wie sehr er sie begehrte… Und nun war alles vorbei. Von einer Minute auf die Andere…

„Gut. Dann melde ich mich bei Ihnen, sobald ich etwas weiß.", riss der Polizist sie aus ihren Gedanken und erhob sich. Er reichte ihr die Hand zum Abschied und sagte: „Passen sie gut auf sich auf und erzählen sie Niemandem ein Wort!"

Sie verließen die Polizeiwache und stiegen in Stefanies Fiat 500. Auf der Heimfahrt sprach Keiner ein Wort.

23

Erst jetzt war Tobias bewusst geworden, was er mit seinem Verhalten ausgelöst hatte. Eventuell mussten sie in eine andere Stadt umziehen oder sogar in ein anderes Land. Er würde seine Ausbildungsstelle verlieren und seine neuen Freunde. Er hatte in seinem bisherigen Leben keine Freunde gehabt, außer Johanna und er genoss es, dass er mit seinen Kumpels abhängen und zocken konnte. Die Fahrten nach Köln in die Shisha Bar waren ein schönes Ritual geworden und er fühlte sich dazugehörig. Das Alles musste er eventuell aufgeben und irgendwo neu anfangen. Es fiel ihm nicht leicht neue Kontakte zu knüpfen, geschweige denn Freundschaften, dafür war er zu zurückhaltend. Diese Erkenntnis traf ihn schwer und die Angst, dass Jan von der Korruptionsanzeige Wind bekommen könnte, kam noch hinzu.

Als sie Zuhause ankamen, wollte Tobias nicht ins Haus gehen. Er fühlte sich plötzlich nicht mehr sicher und schrieb Nils an, ob er vorbei kommen könnte. Nils antwortete sofort: „Klar Mann, komm vorbei"

„Ich bin nochmal kurz weg.", sagte er zu Stefanie.

„Jetzt noch?", fragte Stefanie irritiert. „Es ist schon dunkel"

„Nur mal kurz.", antwortete Tobias und wollte gerade gehen, da fragte ihn Johanna: „Darf ich mitkommen?"

„Klar", antwortete Tobias und Beide gingen wortlos nebeneinander.

„Ich habe Angst…", unterbrach Johanna die Stille, nachdem sie eine Weile gegangen waren und nahm Tobias Hand.

„Ich auch…", antwortete Tobias und war froh, dass es ihm nicht alleine so ging.

„Was glaubst du, wohin sie uns bringen werden?", fragte Johanna leise.

„Keine Ahnung. Aber es muss schon weit weg sein, sonst bringt es nichts" Er versuchte taff zu klingen, aber innerlich war er total aufgewühlt.

Sie erreichten das Haus, in dem die Zwillinge wohnten und Tobias schrieb Nils, dass sie da waren. Kurz darauf öffnete sich die Haustür und Sven ließ sie herein. Sie schlichen die Kellertreppe herunter, damit seine Eltern nichts mitbekamen. In Nils Zimmer lief laute Musik und auf dem großen Fernseher lief ein Computerspiel. Nils saß davor und versuchte mit dem Controller in seiner Hand, die Figur im Spiel vor den Gewehrschüssen in Sicherheit zu bringen. Als die Drei eintraten, schaute Nils auf und begrüßte sie mit einem „Was geht ab, Mann?"

Sofort ging es Tobias besser. Hier war er bei seinen Freunden, hier war seine Welt in Ordnung. Sie zockten gemeinsam und Sven glühte ein paar Kohlen für seine Shisha vor. Eigentlich wollte er gar nicht von diesem Polizisten sprechen und den ganzen Mist mal für ein paar Stunden vergessen, aber Nils war neugierig.

„Und? Wie war`s gestern Abend mit dem Bullen?"

„Lass uns von was Anderem reden…", erwiderte Tobias schroff.

Nils schaute Johanna fragend an und sie antwortete daraufhin anstelle von Tobias.

„Wir waren gerade bei der Polizei und es könnte sein, dass wir bald woanders leben müssen.", antwortete sie mit zittriger Stimme.

Nils und Sven starrten sie mit aufgerissenen Augen an.

„Ihr wollt wegziehen?", fragte Sven erstaunt.

„Von wollen kann keine Rede sein. Wir müssen… ", erwiderte Johanna deprimiert und wischte sich die Tränen weg.

„Scheiße…", sagte Nils geschockt und atmete tief durch.

„Es steht noch gar nicht fest. Vielleicht verhaften sie ihn und alles ist wieder wie vorher.", warf Tobias wütend ein. Dieser Mann hatte sich in sein Leben gedrängt und wollte ihm alles wegnehmen. Sein Leben war perfekt gewesen, bevor seine Mutter diesen Mann kennengelernt hatte. Er wollte nicht weg von hier, weg von seinen Freuden. Sein Leben sollte sich nicht verändern! Es sollte alles so bleiben, wie es war! Wut kam in ihm hoch und ihm wurde schlagartig klar, was er verlieren könnte.

„Genau!", entgegnete Nils, legte die jetzt glühenden Kohlen auf den Kohleteller und zog an dem Mundstück. Es blubberte hörbar und dann blies er den Rauch so aus, dass ein Rauchring in der Luft schwebte, bevor er das Mundstück an Tobias weiter reichte. „Der soll sich verpissen!"

Tobias musste jetzt doch grinsen, nahm das Mundstück entgegen und nahm einen tiefen Atemzug aus der Shisha. Er liebte genau diesen Moment. Mit seinen Kumpels zusammen sitzen und eine Shisha genießen. Vielleicht wurde doch alles wieder gut.

Sie saßen noch eine Weile so zusammen, bis Johanna müde gähnte und daran erinnerte, dass sie morgen wieder sehr früh aufstehen musste. Tobias schaute auf die Uhr und stellte enttäuscht fest, dass es schon fast 23 Uhr war. Also verabschiedeten sie sich und schlichen wieder leise durch das Haus und auf die Straße, um nicht bemerkt zu werden. Als sie vor ihrem Haus ankamen, wunderte sich Johanna, dass noch Licht im Haus brannte…

Tobias steckte den Schlüssel ins Türschloss und öffnete die Haustür. Aus dem Wohnzimmer konnten sie Stimmen hören, die aus dem Fernseher kamen. Wahrscheinlich war seine Mutter mal wieder vor dem Fernseher eingeschlafen, dachte sich Tobias. Sie hängten ihre Jacken an die Garderobe und zogen ihre Schuhe aus. Tobias ging ins Wohnzimmer, um seine Mutter zu wecken, aber das Zimmer war leer. Auf dem Couchtisch stand ein halbvolles Weinglas, also war seine Mutter bestimmt im Bad.

„Wir sind wieder da!", rief er laut, aber bekam keine Antwort. Er ging in die Küche, um sich noch eine Coke zu holen und erschrak. Auf dem Fußboden lag ein Messer und es war Blut daran. Johanna, die ihm gefolgt war schrie auf.

„Oh mein Gott! Was ist passiert?", rief sie entsetzt und hielt sich die Hand vor den Mund.

Tobias rannte die Treppe rauf und durchsuchte jeden Raum, aber seine Mutter war nicht da. Panisch lief er wieder runter ins Wohnzimmer und lief dort auf und ab.

„Was machen wir denn jetzt? Es wird ihr doch nichts passiert sein? Tobi… antworte mir bitte!", schluchzte Johanna und lief Tobias in die Küche nach. Sie schaute auf das am Boden liegende Messer und Tränen rannten über ihre Wangen. Tobias überlegte fieberhaft, was er tun sollte. Er konnte sich nicht konzentrieren! Immer wenn Gefühle in ihm hochkamen, war er wie blockiert und konnte keinen klaren Gedanken fassen und Johannas Panik überforderte ihn zusätzlich. Er brauchte jetzt Ruhe, aber Johanna klammerte sich schluchzend an ihn.

„Ich weiß es nicht!", schrie er auf und hielt sich die Ohren zu. Johanna ließ ihn los und ging ein paar Schritte zurück. Schluchzend und zitternd hielt sie sich an der Arbeitsplatte fest. Tobias atmete tief ein und aus, so wie er es immer machte, wenn er sich beruhigen wollte und nach ein paar Minuten merkte er, wie er sich entspannte.

„Ich rufe jetzt erst mal Elke an. Vielleicht hat Elke sie ins Krankenhaus gefahren und sie hat sich nur geschnitten. Genau…das mache ich jetzt.", sagte Tobias gefasst und nahm sein Handy aus der Tasche. Er suchte Elkes Nummer in seinen Kontakten und drückte auf die grüne Hörertaste. Nach mehrmaligem Tuten ging Elke verschlafen ans Telefon.

„Ja bitte…"

„Hier ist Tobias. Ist meine Mutter bei dir?", fragte Tobias aufgeregt.

„Stefanie? Nein, sie ist nicht bei mir. Ich habe schon geschlafen. Wieso fragst du?", wollte Elke noch etwas schlaftrunken wissen.

„Sie ist nicht hier, aber der Fernseher läuft und in der Küche liegt ein Messer auf dem Boden. Es ist Blut dran…", berichtete Tobias nervös.

„Wie bitte?", Elke war jetzt hellwach. „Ich bin in fünf Minuten da!"

24

Stefanie betrat ihr Haus und hängte ihre Jacke an der
Garderobe auf. Der Tag hatte so schön angefangen und
endete so schrecklich. Heute Morgen noch lag sie in Jan
Armen und träumte von einer Zukunft mit ihm und
gerade hatte sie ihn angezeigt und sein Leben und seine
Karriere zerstört. Sie war wütend auf ihn und
enttäuscht, aber sie hatte trotzdem Gewissensbisse. War
es wirklich richtig gewesen zur Polizei zu gehen oder
hätte sie erst mit ihm sprechen sollen? Sie hatte ihm
keine Gelegenheit gegeben sich zu erklären.
Andererseits hatte sie in der Aufnahme gehört wie kalt
er mit ihrem Sohn gesprochen hatte. War das ihr Jan
gewesen? Wie konnte dieser Mann, der so liebevoll und
zärtlich zu ihr war auf der anderen Seite so brutal sein?
Wer war der wirkliche Jan? Sie konnte nicht glauben,
dass alles, was er getan hatte gespielt war. Warum auch?
Er liebte sie, das hatte sie gespürt und sie liebte ihn.
Nein, seine Gefühle ihr gegenüber mussten echt sein.
Aber das änderte nichts an der Tatsache, dass er auf die
schiefe Bahn geraten war. Warum tat er das? War es nur
das Geld? Macht? Er hatte ihr imponiert, keine Frage.
Der Kurzurlaub auf Mallorca, die wunderschöne
imposante Finca hatten Eindruck auf sie gemacht. Aber
sie brauchte das nicht! Sie hatte in ihm einen ehrlichen
und aufrichtigen Polizisten gesehen, der Menschen hilft

und sich für Recht und Ordnung einsetzt. Sie hatte ihn bewundert, dass er diesen russischen Frauen hilft, weil sie sich im Zeugenschutzprogramm befinden. Jetzt war sie sich plötzlich nicht mehr so sicher, ob auch das stimmte. Was hatte überhaupt von dem, was er ihr erzählt hatte gestimmt? Elke hatte Recht gehabt, sie hatte nicht wirklich viel von ihm erfahren, aber sie hatte auch nicht gefragt. Seine Wohnung in Köln kannte sie nicht, weil sie es auch schön gefunden hatte, dass er immer zu ihr kam. So musste sie ihre beiden Kinder nicht alleine lassen und konnte sich weiterhin um alles kümmern. Sie hatte die Augen verschlossen und sich in ihren Träumen verloren.

Stefanie ging in die Küche, holte eine Flasche Rotwein und ein Weinglas aus dem Schrank und setzte sich im Wohnzimmer auf die Couch. Sie schaltete den Fernseher ein, nahm aber nicht wahr, was da lief. Sie sah immer nur Jan vor ihren Augen und Tränen liefen ihr langsam über das Gesicht. Sie stand auf, um ihr Handy aus der Tasche zu holen und sah, dass sie 24 Anrufe in Abwesenheit hatte. Es war jedes Mal Jan gewesen. Da das Handy auf lautlos gestellt war, hatte sie es nicht mitbekommen. Da klingelte es an der Tür.

Haben die Beiden wieder keinen Schlüssel mitgenommen, dachte sich Stefanie und ging zur Tür. Die Haustürbeleuchtung war nicht angesprungen, weil die Glühbirne immer noch kaputt war und in der Dunkelheit konnte sie durch die Glaseinsätze der Tür nicht erkennen, wer dort stand. Sie öffnete die Tür vorsichtig und erkannte zu spät, dass es Jan war. Er drückte in dem Moment die Tür auf und schubste Stefanie beiseite. Sie stolperte ein paar Schritte rückwärts und fiel dann zu Boden. Jan kam wutentbrannt auf sie zu und baute sich vor ihr auf.

„Warum gehst du nicht ans Telefon, wenn ich dich anrufe?", schrie er sie zornig an.

„Ich konnte nicht dran gehen. Ich saß am Steuer.", stammelte Stefanie voller Angst.

„Die ganze Zeit? Über zwei Stunden? Wenn ich dich anrufe, dann gehst du gefälligst dran! Hast du mich verstanden?", schrie er Stefanie jetzt an.

„Ja...", flüsterte Stefanie erschrocken.

„Hat dein intriganter Sohn dir irgendwas erzählt? Ist das der Grund, warum du plötzlich nicht mehr mit mir sprechen willst?" Jan Gesicht war zu einer Fratze verzerrt, während er sprach und Stefanie erkannte ihn nicht wieder. Dieser Mann war nicht ihr Jan!

„Ich weiß nicht, wovon du sprichst...", log Stefanie, um die Situation zu entschärfen.

„Lüg mich nicht an!", schrie er wieder und beugte sich zu ihr runter. „Willst du mich verlassen? Ist das der Grund, warum du nicht ans Telefon gehst, ja?"

„NEIN! Ich will dich nicht verlassen!", beteuerte Stefanie und drehte dabei den Kopf zur Seite, weil sie ihm nicht in die Augen sehen konnte.

„Du wirst mich auch nicht verlassen! Du gehörst mir!", schrie er noch lauter, packte sie am Oberarm und zog sie hoch. Sein Griff war fest und sie schrie vor Schmerz auf. Er ließ sie abrupt los.

„Verzeih mir, ich will dir nicht wehtun. Ich liebe dich Stefanie!", sprach er jetzt ganz sanft zu ihr. Sein Gesicht war jetzt wieder ganz weich. Aber als sie vor ihm zurück wich, verhärtete sich sein Blick wieder.

„Du kannst mir nicht entkommen…", sagte er mit eiskalter Stimme und Stefanie zog hastig die Schublade auf und zog ein großes Messer hervor.

„Lass mich in Ruhe!", sagte sie laut und hielt das Messer mit ausgestrecktem Arm vor sich. Das machte ihn nur noch wütender.

„Leg das Messer weg! Du kannst eh nichts daran ändern, dass ich dich jetzt mitnehme. Du wirst mir nichts tun. DU nicht!", zischte er und griff nach ihrem

Arm. Instinktiv schlug sie mit dem Messer nach ihm und schnitt ihm dabei durch den Pulli in den Arm. Er wich zurück und packte sich mit schmerzerfülltem Gesicht auf die verletzte Stelle. Stefanie starrte auf das jetzt blutverschmierte Messer und ließ es abrupt fallen.

„Das wollte ich nicht!", rief sie schockiert aus und sah ihn verzweifelt an. In dem Moment sah sie seine Faust auf sie zukommen und dann wurde um sie herum alles schwarz.

Als sie die Augen wieder öffnete, konnte sie zuerst nichts erkennen. Die blickdichten Vorhänge waren vor das Fenster gezogen und das wenige Licht, das trotzdem durch die Ritzen durchschimmerte, ließ gerade noch Umrisse erkennen. Ihr Kopf dröhnte vor Schmerz und ihr Kiefer tat ihr weh. Sie taste mit ihrer Zunge ihre Lippen ab und schmeckte Blut. Was war passiert? Wo war sie hier? Ihre Augen gewöhnten sich langsam an die Dunkelheit und sie sah einen großen Kleiderschrank und eine Kommode. Sie wollte sich an ihre Lippe fassen, da bemerkte sie, dass sie gefesselt war. Panik erfasste sie und sie zerrte an ihren Fesseln. Plastik bohrte sich schmerzhaft in ihre Handgelenke und sie hörte sofort auf zu zerren. Langsam kam die Erinnerung zurück und sie konnte sich wieder an die letzten Sekunden erinnern, bevor es dunkel geworden war. Jan musste sie geschlagen haben. Diese Erkenntnis tat ihr mehr weh, als ihr Kiefer. Sie hätte nie gedacht, dass er sie schlagen könnte, aber da hatte sie sich geirrt. Wie in allem. Sie spürte jetzt, dass sie nackt unter einer Bettdecke lag. Er hatte sie ausgezogen und ans Bett gefesselt, wie eine Sexsklavin. Ob er sie vergewaltigt hatte?, ging es Stefanie durch den Kopf. Sie traute ihm mittlerweile alles zu und jedes Gefühl der Zuneigung verflog.

Die Tür öffnete sich und Jan kam herein.

„Du bist wach, mein Liebling. Wie schön.", sagte er und kam zu ihr ans Bett. Stefanie musste blinzeln, weil ihr das Licht aus dem Flur ins Gesicht schien. Er setzte sich auf die Bettkante und streichelte ihr Gesicht. Sie drehte sich unwillkürlich weg.

„Du hättest dich nicht wehren dürfen. Ich will dir nicht weh tun.", sagte er in einem sanften Ton. „Sobald du zur Vernunft gekommen bist, löse ich deine Fesseln." Er glitt jetzt mit seiner Hand unter die Bettdecke und streichelte ihren Körper. Stefanie hielt still und dachte daran, wie sehr sie es immer genossen hatte, seine Hand zu spüren. Jetzt widerte es sie nur noch an.

„Wie sehr ich deine weiche Haut liebe…", sagte er und strich über ihre Brust. Sie hörte, wie sein Atem keuchender und er immer erregter wurde. Stefanie schloss ihre Augen und dachte an Tobias. Er würde bemerken, dass sie nicht da ist und sie suchen. Sicherlich würde er zur Polizei gehen und ihr Verschwinden melden und dann würde man sie finden. Jan hatte jetzt die Bettdecke beiseite gezogen und streichelte ihre Beine. Stefanie versuchte sich seinen Händen zu entziehen und strampelte heftig.

„Du kannst dich noch so sehr wehren, du gehörst mir! Nur mir! Und bald schon wirst du dich mir wieder hingeben."

„Du hast mich niedergeschlagen und mich an dieses Bett gefesselt. Nennst du das Liebe?", fragte Stefanie zornig.

„Aber du wolltest ja nicht freiwillig mit mir kommen.". Er beugte sich zu ihr hinunter. "Wir gehören zusammen und nichts wird uns trennen…", flüsterte er ihr ins Ohr und küsste sie auf ihre Schläfe. „Du wirst es bald verstehen." Er stand auf und verließ das Zimmer.

Stefanie überlegte fieberhaft, wie sie ihrem Gefängnis entfliehen konnte. Die Kabelbinder waren zu eng, als dass sie ihre Hände hätte heraus ziehen können. Sie versuchte sie heraus zu drehen, aber es klappte nicht und tat jetzt heftig weh. Wie sollte sie nur entkommen?

Die Polizei unternahm bei dem Verschwinden einer Person meistens nichts, bevor nicht 24 Stunden vergangen waren. Sie musste also auf jeden Fall noch einen Tag aushalten. Der Gedanke, dass er keine Skrupel hatte ihr weh zu tun, machte ihr schreckliche Angst. Sie durfte ihn nicht reizen und musste versuchen die Zeit bis zum Eintreffen der Polizei unbeschadet zu überstehen. Aber was, wenn der Polizist die Angelegenheit nicht weitergeleitet hatte? Was, wenn er einem Kollegen nicht in den Rücken fallen wollte? Vielleicht hatte er alles schon vernichtet? Angst packte sie und der Gedanke, dass sie eventuell Tage oder Wochen hier verbringen musste, ließ sie aufschluchzen. Tränen rannen ihr über die Wangen und sie zitterte am ganzen Körper. Warum hatte sie nicht auf Tobias gehört. Er hatte sie gewarnt und sie hatte es als Eifersucht abgetan. Aber das nutzte jetzt alles nichts, sie musste hier irgendwie wegkommen…

25

Elke stand schon nach drei Minuten vor Tobias Haustür und klingelte mehrmals. Johanna öffnete ihr weinend und Elke nahm sie erst einmal in den Arm.

„Mach dir keine Sorgen! Alles wird gut! Erzählt mal was genau passiert ist."

Tobias erzählte ihr von seinem Verdacht gegen Jan, dass er ihn beschattet hatte und was er über ihn herausgefunden hatte. Von der Anzeige bei der Polizei und von dem Messer auf dem Küchenfußboden, dass sie nach ihrer Heimkehr blutverschmiert vorgefunden hatten.

„Du meine Güte…", entfuhr es Elke. „Dann hat mich mein Bauchgefühl ja nicht getrübt. Ich wusste direkt, dass der Typ zu perfekt ist, um wahr zu sein."

„Was hat er mit ihr gemacht?", schluchzte Johanna auf. „Hat er sie erstochen?"

„Das glaube ich nicht!", erwiderte Elke sofort. Aber sie sah nicht aus, als wäre sie davon wirklich überzeugt.

„Wir müssen die Polizei rufen!", sagte Johanna tränenüberströmt.

„Ich weiß nicht, ob das eine gute Idee ist.", warf Tobias nachdenklich ein. „Nachher wird er von denen gewarnt und wir bringen dadurch meine Mutter in eine noch größere Gefahr."

„Wenn sie nicht schon tot ist…", jammerte Johanna.

„Sie ist nicht tot!", schrie Tobias sie an und Johanna sah ihn entsetzt an. „Wir wissen doch gar nicht, ob es ihr Blut ist."

„Genau…", sagte Elke ruhig und streichelte Johanna beruhigend über die Schulter.

„Ich rufe Boris an und dann sehen wir weiter.", sagte Tobias und nahm sein Handy aus der Tasche.

„Wer ist Boris?", fragte Elke und schaute Johanna irritiert an.

„Das ist ein kleinkrimineller Rumäne, mit dem Tobias jetzt immer herum hängt…", klärte Johanna sie auf.

Elke schaute Tobias erstaunt an, aber der hatte schon Boris Nummer gewählt und lief aufgeregt im Wohnzimmer auf und ab.

„Boris? Ich bin's Tobi. Ich brauche deine Hilfe…" Er schilderte in knappen Worten was passiert war und wanderte dann schweigend auf und ab, während Elke und Johanna ihm nervös dabei zusahen.

„Ok, machen wir. Ciao.", sagte Tobias und legte auf.

„Und?", fragte Elke aufgeregt.

„Boris will herausfinden, wo der Bulle wohnt und dann fahre ich da hin.", antwortete Tobias entschlossen.

„Findest du, dass das eine gute Idee ist?", fragte Elke vorsichtig.

„Wir sollten jetzt wirklich die Polizei rufen!", sagte Johanna flehend.

„Nein Johanna! Ich rufe nicht die Polizei, die uns eh nicht glaubt. Es geht hier um meine Mutter und ich will wissen, ob er ihr etwas angetan hat!", fuhr Tobias sie an. Johanna drehte sich um und lief weinend in ihr Zimmer.

„Vielleicht hat sie sich ja auch nur geschnitten und ist ins Krankenhaus gefahren.", sagte Elke leise.

„Ihr Auto steht vor der Tür…", erwiderte Tobias ernst.

„Oh man… mir ist ganz schlecht…", sagte Elke, ging ins Wohnzimmer und setzte sich auf die Couch.

„Wenn er ihr etwas angetan hat, dann mache ich ihn fertig!", sagte Tobias laut und schlug mit der Faust gegen die Wand. Elke schaute erschrocken auf und sah zu ihm rüber.

„Wir dürfen nicht vom Schlimmsten ausgehen…", sagte Elke beruhigend. "Ich bleibe heute Nacht hier, wenn du möchtest."

„Okay…", sagte Tobias und gab sich Mühe, nicht zu zeigen, wie dankbar er ihr dafür war. Der Gedanke, dass seiner Mutter etwas passiert sein könnte, versetzte ihn in Panik und er musste jetzt einen kühlen Kopf bewahren. Nicht zu wissen, was passiert war und ob es ihr gut ging, war für ihn eine völlig neue Situation und er kämpfte gegen das Gefühl der Hilflosigkeit. Er würde sie finden! Es würde alles wieder gut werden! Das musste es…

Am nächsten Morgen kam Tobias in die Küche und sah, dass Elke für sie Frühstück gemacht hatte. Das blutverschmierte Messer hatte sie in eine Plastiktüte gesteckt und es lag auf der Küchenarbeitsplatte. Elke sah seinen Blick und legte schnell ein Handtuch über das Messer.

„Ich dachte es wäre gut, wenn wir es als eventuellen Beweis aufheben… Möchtest du einen Kaffee?"

„Ja", antwortete Tobias und schaute aus dem Fenster.

„Hast du schon eine Antwort von diesem Boris bekommen? Ich kenne auch Jemanden bei der Gemeindeverwaltung. Vielleicht könnte sie die Adresse herausfinden. Aber wenn deine Mutter sich bis heute Nachmittag nicht gemeldet hat, dann werde ich die Polizei rufen.", sagte Elke bestimmt. „Das ist doch nicht ihre Art, sich einfach nicht zu melden…"

„Dann ruf diese Frau an.", sagte Tobias bestimmt und nahm einen Schluck Kaffee aus der Tasse, die ihm Elke gegeben hatte.

„Ja…das mache ich.", antwortete Elke und nahm ihr Handy aus der Hosentasche. „Ach, die sind ja erst um acht Uhr im Büro. Es ist erst kurz nach sieben. Ich versuche es gleich."

Tobias schaute auch auf sein Handy, aber leider hatte er immer noch keine Nachricht von Boris bekommen. Er hatte kaum geschlafen, aber er war überhaupt nicht müde. Er hatte viel zu viel Adrenalin in seinem Blut und in seinem Kopf arbeitete es auf Hochtouren. Er hatte sich überlegt, wie er vorgehen sollte, wenn er die

Adresse von diesem Jan hätte. Sollte er einfach klingeln? Der Polizist war ihm körperlich weit überlegen und er könnte ihn wahrscheinlich nicht überwältigen. Außerdem wäre es fraglich, ob er ihm überhaupt öffnen würde. Er musste sich einen guten Plan überlegen. Zwischendurch kamen ihm immer wieder Gedanken, dass seine Mutter eventuell doch tot und ihr Leichnam schon irgendwo verscharrt wäre, aber er wollte das nicht akzeptieren. Er musste fest daran glauben, dass sie noch lebte und er sie befreien würde. Da fiel ihm ein, dass er eigentlich zur Arbeit musste, aber das ging jetzt nicht. Deshalb rief er in seinem Betrieb an und meldete sich krank. Sein Chef war stocksauer, aber das interessierte ihn jetzt nicht.

26

Stefanie öffnete langsam die Augen und stellte erschrocken fest, dass es kein Traum gewesen war. Sie lag, mit Kabelbindern fixiert, nackt in Jan Bett und er schnarchte leise neben ihr. Wie sehr sie seine Anwesenheit plötzlich anekelte. Sie hatte nicht mitbekommen, dass er sich neben sie gelegt hatte, weil sie irgendwann eingeschlafen war, doch die Tatsache, dass er sie die ganze Nacht hatte so liegen lassen, machte sie sofort wieder extrem wütend. Jetzt meldete sich ihre Blase und sie musste dringend zur Toilette. Sie hustete laut und kurz darauf wurde Jan wach. Er räkelte sich und drehte sich zu ihr um.

„Du bist ja schon wach, Schatz." Er kuschelte sich an sie und sie machte sich sofort stocksteif. Sie kniff ihre Beine zusammen und versuchte sich von ihm weg zu drehen. Doch er hielt sie fest und seine Hände wanderten erneut über ihren nackten Körper. Am liebsten hätte sie ihn angeschrien „Nimm deine widerlichen Hände von mir, du perverses Schwein!", doch sie wusste, dass das äußerst unklug wäre. Sie musste sein Spiel mitspielen, wenn sie hier heil raus kommen wollte.

„Ja Schatz und ich muss jetzt wirklich dringend auf die Toilette.", säuselte sie ihn an.

„Natürlich. Warte, ich mache dich los. Aber komm nicht auf dumme Ideen. Ich möchte dir nicht wehtun. Glaube mir…", sagte er eiskalt. Stefanie lief ein Schauer über ihren Körper und sie sah in seinen kühlen Augen, dass er es ernst meinte.

„Nein! Ich möchte wirklich nur auf die Toilette!", versicherte Stefanie kopfschüttelnd.

„Ich komme mit!", sagte er bestimmt, schnitt die Kabelbinder durch und packte sie am Arm. Stefanie rieb sich die schmerzenden Handgelenke, denn die Kabelbinder hatten tiefe Furchen hinterlassen.

„Du brauchst mich nicht mehr zu fesseln, ich laufe nicht weg.", versuchte Stefanie Jan weich zu stimmen, aber er grinste sie nur fies an.

„Halte mich nicht für blöd. Nein, ich muss dich leider fesseln. Aber irgendwann wirst du freiwillig bei mir bleiben.", sagte Jan und ging mit ihr ins Bad.

Irgendwann? Diese Aussage war wie ein Faustschlag in ihren Magen. Wie lange wollte er sie hier festhalten? Er wusste doch, dass Tobias und Johanna alleine waren? Sie würden vor Kummer verrückt werden. War ihm das völlig egal? Dachte er, er könnte sie hier monate- oder sogar jahrelang gefangen halten? Sie setzte sich auf die

Toilette und sie empfand es als erniedrigend, dass er ihr dabei zusah, wie sie ihre Blase entleerte. Er schaute sie sogar lüstern dabei an. Schnell schaute sie zu Boden, weil sie seinen Blick nicht ertragen konnte.

„Darf ich mich duschen? Bitte!", bat sie ihn und versuchte lieb dabei zu schauen.

„Okay. Lass uns duschen…", erwiderte er lächelnd.

Ihre Beine waren plötzlich wie aus Pudding und sie musste sich festhalten, damit sie nicht hinfiel.

„Nach dem Duschen musst du erst einmal etwas essen. Du bist ja ganz schwach in den Beinen." Er hob sie hoch und ging mit ihr in die Dusche.

„Es geht schon. Ich kann stehen!", sagte sie bestimmt und zwang sich zu lächeln. Er setzte sie ab und drehte das Wasser auf. Ein warmer Stahl lief ihr über ihren Körper und streichelte sie. Am liebsten hätte sie geweint, aber sie schluckte die Tränen runter. Er sollte nicht sehen, dass sie litt. Diese Macht wollte sie ihm nicht auch noch geben. Es reichte schon, dass er sie gegen ihren Willen hier festhielt.

Er nahm die Seife und wusch sie, obwohl sie sich dagegen wehrte, er ließ keinen Widerspruch zu.

Du hast einen so wunderschönen Körper.", flüsterte er ihr zu und seine Hände waren überall. Ihr Puls raste und ihr Herz schlug ihr bis zum Hals. Sie wollte das nicht! Sie wollte nicht von ihm angefasst werden! Nie mehr! Als er zwischen ihre Beine fasste, wurde ihr schwarz vor Augen und sie sackte zu Boden.

Als sie wieder wach wurde, lag sie wieder im Bett und war erneut mit Kabelbindern fixiert. Sie schluchzte verzweifelt auf und ein Gefühl von Hoffnungslosigkeit ergriff sie. Sie wollte hier weg! Sie wollte nach Hause! Würde sie hier jemals wieder weg kommen?

Jan betrat den Raum und hatte ein Tablett dabei. Er stellte es auf dem Bett ab und Stefanie sah im Halbdunkeln, dass er ihr Kaffee und Brötchen mitgebracht hatte.

„Du musst etwas essen! Du bist mir in der Dusche umgekippt vor Hunger.", sagte er und Stefanie hätte ihm am liebsten an den Kopf geworfen, dass es vor Ekel, nicht vor Hunger war. Doch sie schwieg. Er führte das halbe, mit Käse belegte Brötchen an ihren Mund und forderte sie auf, den Mund zu öffnen. Die Situation war entwürdigend und Stefanie drehte den Kopf zur Seite. Da sauste seine Hand durch die Luft und sie bekam eine heftige Ohrfeige von ihm. Ihre ganze Gesichtshälfte schmerzte und sie schrie laut auf.

„Ich habe dich gewarnt! Mach mich nicht wütend!"

Sie schaute ihn entsetzt an, sah in seine jetzt eiskalten Augen und öffnete bereitwillig ihren Mund. Er fütterte sie und ließ sie an dem Kaffee nippen und sie schluckte gehorsam.

Nachdem sie zwei halbe Brötchen essen musste, nahm er das Tablett wieder mit und verließ das Zimmer. Sie atmete erleichtert auf und entspannte sich kurz. Er hatte sie zum zweiten Mal geschlagen und sie war sich mittlerweile sicher, dass er noch weiter gehen würde. Es war ihre einzige Chance mitzuspielen, sonst würde er ihr wer weiß was antun.

Als er das Schlafzimmer wieder betrat, sagte sie zu ihm:

„Ich werde bei dir bleiben. Aber bitte lass mich meinen Sohn anrufen und ihm sagen, dass es mir gut geht! Ich flehe dich an!"

„Nein!", antwortete er knapp.

„Aber er wird sich große Sorgen machen…", versuchte es Stefanie erneut.

„Er wird bald von deinem Tod erfahren. Dann wird er sich keine Sorgen mehr machen…", sagte er kühl.

Stefanie schaute ihn entsetzt an. „Du willst mich töten?"

„Natürlich nicht! Aber alle werden es denken. Damit dich keiner mehr sucht und wir beide in Frieden leben können, Schatz."

In Frieden leben? Er war verrückt…er war total verrückt. Sie dachte an Tobias und wie sehr er leiden würde, wenn er von ihrem angeblichen Tod erfahren würde. Der Schmerz zerriss ihr fast ihr Herz, so weh tat ihr der Gedanke. Sie würde ihn nie wieder sehen und er würde sie nicht mehr suchen… Tränen liefen ihr über das Gesicht und Jan sah sie misstrauisch an.

„Wenn du fliehen solltest, werde ich deinen Sohn töten!", sagte er plötzlich und ging auf die andere Seite des Bettes. Dort lag seine Dienstwaffe. Er nahm sie in die Hand und fuhr mit den Fingern über sie, als würde er sie streicheln. Stefanie hielt den Atem an und sah ihm in die Augen. Sein Blick war voller Hass und sie konnte nicht begreifen, wo der charmante und liebevolle Jan geblieben war. Vor ihr stand ein Mann, der das völlige Gegenteil war. Ein Psychopath, der sich nahm, was er wollte, auch mit Gewalt.

Was sollte sie nur tun?

Jan legte die Waffe wieder auf den Nachttisch, beugte sich über sie und legte seine Hand um ihren Hals. Er packte fest zu und sie schaute ihn mit aufgerissenen Augen an.

„Bitte nicht…", flehte sie.

„Du gehörst MIR! MIR alleine! Verstehst du das?", zischte er.

„Ja…", brachte sie mühsam hervor und rang nach Luft. Er drückte fester zu und sie war kurz davor das Bewusstsein zu verlieren. Da ließ er erschrocken los und sie holte tief Luft.

„Verzeih mir! Ich wollte dir nicht wehtun!", stammelte er und küsste sie auf den Mund. „Ich liebe dich so sehr!"

Stefanie sog die Luft tief durch die Nase ein und starrte ihn an, während er ihr seine Lippen auf ihren Mund drückte. Wie sehr sie ihn verachtete…

Stefanie drehte ihren Kopf zur Seite, damit er sie nicht weiter küssen konnte und kämpfte mit den Tränen.

„Wie sehr ich dich liebe…", flüsterte Jan und Stefanie bemerkte erschrocken, wie erregt er war. Seine Hand streichelte über ihre nackte Brust und sie biss sich verzweifelt auf ihre Lippe. Seine Hand wanderte weiter über ihren Bauch und wollte zwischen ihre Schenkel. Stefanie schrie auf und presste ihre Beine zusammen.

„Ich nehme mir was ich haben will, mein Schatz. Zur Not auch mit Gewalt. Hörst du? Es wäre besser für dich, wenn du kooperieren würdest. Dann hättest du auch was davon…", sagte Jan eiskalt und drückte seine Hand so kräftig zwischen ihre Beine, dass Stefanie sie vor Schmerz öffnete. Sie fing leise an zu weinen und ergab sich dem, was jetzt kommen sollte.

Da klingelte Jans Handy. Fluchend ließ er von ihr ab und kletterte aus dem Bett. Sein Handy lag in der Küche, also verließ er das Schlafzimmer und ging zügig zu seinem Handy. Stefanie hörte ihn sprechen, aber sie verstand kein Wort. Er sprach auf Russisch. Sie hatte nicht gewusst, dass er Russisch sprechen konnte, wie sie so viel von ihm nicht gewusst hatte.

Er kam zurück ins Schlafzimmer und sie versteifte sich sofort.

„Wir müssen später da weitermachen, wo wir aufgehört haben. Ich muss eben mal weg, Schatz. Du bleibst schön hier liegen und wartest auf mich.", sagte er fies grinsend und Stefanie starrte ihn fassungslos an. Er war ein Psychopath, daran bestand kein Zweifel mehr. Er zog sich an, ging in die Küche und kam mit einer Rolle Klebeband und einer Schere zurück.

„Wir wollen ja nicht, dass du das ganze Haus weckst…", sagte er und schnitt ein Stück vom Klebeband ab. Stefanie schaute ihn hasserfüllt an, während er ihr das Klebeband über ihren Mund klebte. Dann verließ er die Wohnung.

Sie lag gefesselt im Bett und wartete. Ihr Körper tat ihr überall weh. Die Handgelenke von den Kabelbindern, aber auch ihr ganzer Körper, weil sie permanent angespannt war. Sie dachte angestrengt nach, was sie tun konnte. Sie wusste nicht, wie lang er weg bleiben würde, aber sie wollte die Zeit nutzen, um über ihre Situation nachzudenken. Würde man sie finden? Würde die Polizei hier auftauchen, um mit ihm zu reden? Dann konnte sie versuchen sich bemerkbar zu machen, damit man sie befreit. Oder würde sie hier Tage oder sogar Wochen liegen müssen? Sie schluchzte bei dem Gedanken auf und dachte an ihren Sohn Tobias…

27

Die Zeit wollte nicht vergehen und jedes Mal, wenn Tobias auf die Uhr schaute, waren erst ein paar Minuten vergangen. Warum meldete sich denn Boris nicht?

„Ruf doch endlich diese Frau auf dem Amt an, Elke.", sagte Tobias aggressiv.

„Tobi! Wir sind alle unter Stress. Motze Elke nicht so an!", schimpfte Johanna mit ihm.

„Jaaa… Sorry.", entfuhr es Tobias. Er war so durcheinander, dass er kaum denken konnte.

„Ist schon gut Tobias. Ich rufe sie sofort an.", antwortete Elke besänftigend. Sie strich ihm über die Schulter und suchte in ihrem Handy nach der Nummer ihrer Bekannten. Dann drückte sie auf den grünen Hörer und schaltete den Lautsprecher ein. Alle schauten gebannt auf Elke, die nervös auf ihrer Lippe kaute. Nach einer gefühlten Ewigkeit ging die Bekannte endlich dran.

„Ja?"

„Hallo Birgit, ich bin`s Elke."

„Oh, Hallo Elke. Lange nichts von dir gehört. Wie geht es dir denn mittlerweile?", sagte Birgit mitfühlend.

„Danke Birgit. Es geht mir schon besser. Du, ich habe eine sehr große Bitte. Ich weiß, dass du das eigentlich nicht darfst, aber würdest du für mich eine Adresse raus suchen?", fragte Elke und versuchte trotz ihrer Angespanntheit ruhig zu sprechen.

„Puhhh. Wenn das raus kommt, kann mich das meinen Job kosten. Ich weiß nicht Elke…", antwortete Birgit zögerlich.

„Ich weiß Birgit. Ich würde dich nicht darum bitten, wenn es nicht um Leben und Tod ginge. Eine sehr gute Freundin ist in Gefahr und ich brauche ganz dringend diese Adresse. Bitte Birgit!", flehte Elke sie an.

Elke hörte Birgit am Telefon seufzen.

„Na gut, aber die hast du nicht von mir, ok? Ich möchte keine Schwierigkeiten bekommen!", antwortete Birgit widerwillig. „Wie heißt die Person denn, um die es geht?"

„Jan Brosewski", sagte Tobias schnell.

„Hast du gehört Birgit?", fragte Elke schnell.

„Ich melde mich.", sagte Birgit und legte auf.

Elke atmete tief ein.

„Hoffentlich klappt das…", sagte Johanna leise.

„Ganz bestimmt!", antwortete Elke und lächelte sie beruhigend an.

Es dauerte aber ein paar Stunden, bis Elkes Handy klingelte. Es war Birgit. Elke nahm sofort das Gespräch an.

„Hast du die Adresse?", fragte Elke aufgeregt.

„Ja, ich habe sie.", antwortete Birgit leise und gab ihr die Adresse durch. „Und das erfährt niemand, versprochen?"

„Du hast mein Ehrenwort! Tausend Dank Birgit.", bedankte sich Elke, beendete das Gespräch und schaute Tobias triumphierend an. „Ich habe die Adresse!"

„Dieser Mann ist gefährlich, Elke! Wenn meine Mutter bei ihm ist, dann nicht freiwillig, sonst hätte sie sich gemeldet…", antwortete Tobias ernst. „Wir müssen jetzt taktisch klug vorgehen."

„Das entscheiden wir vor Ort. Was sollen wir uns jetzt Gedanken machen und dann kommt alles anders. Wir fahren jetzt da hin und dann sehen wir weiter.", erwiderte Elke.

Da hatte sie nicht ganz Unrecht, fand Tobias. „Dann los…"

„Ich komme mit!", sagte Johanna entschlossen.

„Nein! Du bleibst hier!!", sagte Tobias bestimmt. „Das ist zu gefährlich für dich!"

„Das kommt überhaupt nicht in Frage! Du hast mir gar nichts zu sagen und ich werde garantiert nicht hier alleine herum sitzen und darauf warten, dass ihr euch meldet.", schimpfte Johanna und zog sich ihre Schuhe an.

„Und was ist mit deiner Arbeit?", wollte Tobias wissen.

„Was ist mit deiner?", antwortete Johanna trotzig.

„Ich habe mich krank gemeldet.", nuschelte Tobias vor sich hin.

„Ich mich auch!", motzte Johanna.

„Schluss jetzt! Hört auf euch zu streiten!", ging Elke dazwischen. „Ich denke zwar auch, dass du besser hier bleiben solltest, aber du kannst ja im Auto sitzen bleiben."

„Das ist unfair…", maulte Johanna beleidigt, willigte dann aber widerwillig ein.

Sie stiegen in Stefanies Fiat 500 und fuhren Richtung Köln. Es fing schon an zu dämmern, als sie endlich vor Jans Wohnung standen. Es war ein weißes, fünfstöckiges Gebäude mit barocken Elementen aus Putz und befand sich in einer eher teuren Ecke von Köln. Elke parkte das Auto ein Stückchen weiter und Tobias und sie stiegen aus.

„Warte bitte hier.", sagte Elke zu Johanna und schlug die Autotür zu. Sie gingen zu der Haustür und schauten sich die Klingelknöpfe an.

„Wenn wir irgendwo klingeln, kommen wir erst einmal in den Hausflur.", schlug Tobias vor.

„Wie heißt er nochmal mit Nachnamen?", wollte Elke wissen.

„Brosewski", antwortete Tobias und verzog seinen Mund dabei.

„Dann scheint er Parterre zu wohnen.", sagte Elke. „Sieh mal, sein Namensschild ist ganz unten. Wir könnten mal schauen, ob wir eventuell von hinten in die Wohnung kommen."

Elke drückte auf alle Klingelknöpfe, außer auf den von Jan und wartete. Der Türöffner summte und sie drückte die alte, dunkelbraune Holztür auf. Eine ältere Frau rief

225

von oben etwas herunter und die beiden standen still da und warteten. Nach einer Weile hörten sie, wie oben eine Wohnungstür geschlossen wurde. Sie schlichen leise in das Gebäude und gingen den langen Flur entlang. Neben der massiven Holztreppe nach oben, ging der Flur weiter und endete hinten an einer weißen Tür. Elke öffnete vorsichtig die Tür und sie konnten in einen großen Hinterhof blicken, der liebevoll mit Bänken und Pflanzkübeln dekoriert worden war. Als sie den Hinterhof betraten, sahen sie links und rechts große Terrassentüren. Welche war die Tür von Jan? Elke ging nach links und Tobias nach rechts und sie schauten vorsichtig durch die Scheibe in die Wohnungen. Tobias kam schnell zurück und flüsterte:

„Rechts kann er nicht wohnen. Da wohnen Kinder in der Wohnung."

„Dann wohnt er vielleicht hier. Schau mal, die Tür ist nur angelehnt…", sagte Elke und schaute Tobias fragend an.

„Wir erfahren es nur, wenn wir nachschauen…", sagte Tobias und schob die Terrassentür mit seinem Zeigefinger langsam auf…

28

Stefanie hörte ein Geräusch…

Jemand war in der Wohnung. Sie hörte Flüstern aus der Küche. Wer konnte das sein? Plötzlich stand Elke im Türrahmen. Stefanie konnte es kaum glauben, aber da stand tatsächlich ihre Freundin vor ihr.

„Da bist du ja. Gott sei Dank, du lebst!", flüsterte Elke.

Stefanie versuchte etwas zu sagen, aber das Klebeband war zu fest. Es kamen nur Töne aus ihrem Mund. Elke kam leise zu ihr und entfernte vorsichtig das Klebeband.

„Er ist nicht da. Bitte mache mich schnell los!", flehte Stefanie ihre Freundin an.

„Ja natürlich. Was hat dieses Schwein dir bloß angetan…", sagte Elke mit erstickter Stimme, nahm die Schere vom Nachttisch, die Jan dort liegen gelassen hatte und schnitt die Kabelbinder durch. Stefanie rieb sich ihre schmerzenden Handgelenke und umarmte dann seufzend ihre Freundin.

„Ich bin so froh, dass du hier bist. Wie bist du denn überhaupt rein gekommen?", fragte Stefanie ungläubig.

„Die Terrassentür stand etwas auf. Er muss sich sehr sicher gewesen sein, dass er sie offen gelassen hat. Gott sei Dank.", antwortete Elke und drückte ihre Freundin nochmal. „ Aber jetzt komm, wir müssen hier weg!", Sie schaute sich im Schlafzimmer um, entdeckte auf dem Stuhl Stefanies Kleidung und holte sie schnell.

„Zieh dich schnell an. Ich sage Tobias Bescheid, dass alles in Ordnung ist."

„Tobias ist auch hier?", fragte Stefanie erstaunt.

„Ja, er wartet draußen. Er wollte erst alleine hier rein stürmen, aber davon konnte ich ihn gerade noch abhalten.", antwortete Elke lächelnd. „Beeile dich."

Stefanie zog sich schnell an, da hörten sie ein Geräusch. Es kam von der Wohnungstür. Jemand stand vor der Tür und hantierte am Türschloss herum.

„Er kommt zurück!", zischte Stefanie angsterfüllt. Sie schaute sich suchend um und sah dann seine Dienstwaffe auf dem Nachttisch liegen. Sie lief hin und nahm sie in ihre Hand. Sie hatte noch nie eine Pistole in der Hand gehalten. Sie war schwer, deshalb nahm sie jetzt beide Hände und zielte in Richtung offene Schlafzimmertür. Er sollte sie nie wieder ans Bett fesseln! Sie hörten ein metallisches Geräusch und dann wurde die Wohnungstür leise geöffnet. Elke versteckte sich schnell in der Ecke, neben dem Kleiderschrank. Sie hörten langsame Schritte im Flur und Stefanie betete, dass Tobias sich auch versteckt hatte. Die Person blieb im Flur stehen und Stefanie hielt den Atem an. Ihr Herz schlug so laut in ihrer Brust, dass sie glaubte, er könnte es hören und sie zitterte am ganzen Körper. Was würde Jan mit ihr machen, wenn er bemerken würde, dass sie fliehen wollte? Oder mit Tobias? Bei dem Gedanken umklammerte sie die Pistole mit beiden Händen und Wut kam in ihr auf. Im Türrahmen erschien langsam eine große Gestalt und Elke schrie vor Angst auf. Da ertönte ein Schuss und die Gestalt im Türrahmen sackte zuerst auf die Knie und fiel dann nach vorne auf den Boden. Stefanie hatte abgedrückt und den Mann getroffen.

Langsam kam Elke aus ihrer Ecke und schaute vorsichtig Richtung Tür. Die Gestalt rührte sich nicht.

„Oh mein Gott!", schrie sie panisch. „Wir müssen sofort hier weg!" Sie stieg vorsichtig über den am Boden liegenden Mann und lief dann Richtung Terrassentür. „Komm schon!"

Stefanie stand immer noch da, mit der Pistole in der Hand. Es war dunkel im Zimmer und Stefanie konnte nur Umrisse erkennen. Es war vorbei! Sie war frei! Ob

Jan tot war? Sie wagte nicht, es zu überprüfen, sondern starrte nur auf ihn, bis Elkes Rufen sie aus ihrer Schockstarre löste. Dann stieg sie ebenfalls hastig über ihn und lief zur Terrassentür. Sie drehte sich nochmal um, ob er ihr gefolgt war, aber da war niemand. Im Hinterhof traf sie auf Tobias, der sie angsterfüllt ansah.

„War das ein Schuss?", fragte er mit aufgerissen Augen.

„Ich erkläre es dir später. Komm jetzt!", antwortete Stefanie entschlossen und zog ihn mit sich. Sie schauten vorsichtig in den Hausflur, aber niemand war dort, obwohl das ganze Haus den Schuss gehört haben musste. Wahrscheinlich war die Polizei schon unterwegs. Erst jetzt bemerkte Stefanie, dass sie noch immer die Pistole in der Hand hielt und steckte sie eilig in Elkes Handtasche .Sie liefen zügig auf die Straße, zu Johanna, die neben Stefanies Fiat stand. Johanna fiel Stefanie freudestrahlend um den Hals und drückte sie ganz fest an sich.

„Los jetzt, einsteigen. Wir müssen hier weg!", drängte Elke und setzte sich hinter das Steuer. Als alle eingestiegen waren, brauste Elke los und fuhr so schnell sie konnte Richtung Autobahn.

Stefanie wurde plötzlich übel. Sie hatte einen Menschen erschossen! Jan hatte es zwar verdient, aber sie war keine Mörderin. Ihr war so übel, dass sie das Gefühl hatte, sie müsste sich gleich übergeben. Und was sollte sie nur mit der Tatwaffe machen? Sie musste sie schnellstmöglich loswerden. Nur wohin? Sie dachte angestrengt nach.

Da fiel ihr der Rurstausee ein. Dort würde niemand jemals die Pistole finden. Er war so tief, dass die Waffe für immer verschwunden wäre.

Als hätte Elke ihre Gedanken gelesen, fragte sie:" Was machen wir mit der ... Du weißt schon?"

„Womit?", fragte Johanna neugierig.

„Bitte fahre uns nach Hause und dann erledige ich das alleine.", sagte Stefanie entschlossen.

„Nein! Das kommt gar nicht in Frage! Ich komme mit!", erwiderte Elke sofort.

„Ich will euch da nicht mit rein ziehen…", sagte Stefanie traurig.

„Wir stecken schon bis zum Hals da drin…", antwortete Elke und schaute Stefanie im Rückspiegel mitfühlend an.

„Ich verstehe gar nichts mehr…", sagte Johanna kopf-schüttelnd und verschränkte die Arme vor ihrer Brust.

„Dann bringen wir aber euch beide nach Hause.", be-schloss Stefanie und schaute Tobias an.

„Okay…", antwortete Tobias knapp und schaute dabei aus dem Fenster.

Die restliche Fahrt sprachen sie nicht mehr und als sie vor Stefanies Haus ankamen, stiegen Johanna und Tobias aus und gingen ins Haus. Elke schaute Stefanie im Rückspiegel an.

„Willst du nach vorne kommen?"

Stefanie setzte sich auf den Beifahrersitz und Elke frag-te: „Und nun?"

„Fahre zum Stausee.", antwortete Stefanie entschlossen und Elke fuhr los.

Am Rurstausee angekommen, fuhr Elke auf einen Parkplatz, der menschenleer war und beide stiegen aus. Sie gingen zur Staumauer und schauten hinunter. Auf dieser Seite war die Mauer knapp 77 Meter tief und es ging steil bergab. Sie überquerten die Straßenseite und schauten auf der anderen Seite des Stausees hinunter. Von hier schaute man auf den See und ein paar Meter unterhalb der Straße sah man das dunkelblaue Wasser, das an dieser Stelle sehr tief war. Perfekt, um die Waffe verschwinden zu lassen, an einen Ort, der sein Geheimnis nie mehr preisgab.

Stefanie sah die letzten Monate im Geiste an ihr vorbei ziehen und wünschte sich, sie wäre nie mit Thorsten nach Köln auf diese Fortbildung gefahren. Dann hätte sie Jan nie kennengelernt und Thorsten wahrscheinlich nicht Tamara. Sie hatte kein Glück mit den Männern und sie würde so schnell keinen Mann mehr in ihr Leben lassen.

Elke legte den Arm um Stefanie. Gemeinsam standen sie da und schauten gedankenverloren auf den dunklen See und lauschten der Stille.

„Danke Elke, dass du nach mir gesucht hast, obwohl ich… dich in letzter Zeit so schrecklich vernachlässigt habe.", sagte Stefanie und schaute ihre Freundin liebevoll an.

„Ja, das hast du!", antwortete Elke gespielt beleidigt.

„Das wird nie wieder vorkommen!", sagte Stefanie und drückte Elke fest an sich. Dann flüsterte sie: „Ich habe einen Menschen erschossen!"

„Du konntest nicht anders…", antwortete Elke mitfühlend. „Es war Notwehr."

„Ich weiß… Aber das macht es nicht einfacher.", sagte Stefanie bedrückt.

„Aber jetzt kann er dir nichts mehr anhaben!", erwiderte Elke und gab Stefanie einen Kuss auf die Wange.

„Das stimmt…", seufzte Stefanie erleichtert.

Stefanie stand an der Staumauer des Rurstausees und hielt die Pistole in der Hand, mit der vor ein paar Stunden ein Mann erschossen worden war. Sie musste daran denken, wie sein Körper leblos auf dem Boden gelegen hatte...

Dann schaute sie sich nochmal um, ob auch niemand sah, was sie hier tat, wischte vorsichtshalber noch die Fingerabdrücke mit einem Taschentuch ab - sicher ist sicher - und warf die Waffe entschlossen in den dunklen See. Es platschte kurz, als die Pistole auf dem Wasser aufkam und dann war wieder alles still. Sie stand noch kurz da, starrte auf die Wasseroberfläche, die im Mondlicht glitzerte und setzte sich dann ins Auto, um nach Hause zu fahren.

Jetzt konnte sie nur noch hoffen, dass die Polizei oder die Mafia sie nicht mit der Sache in Verbindung bringen würden...da klingelte ihr Handy - Unbekannte Nummer.

„Ja?", meldete sie sich vorsichtig.

„Du kannst mir nicht entkommen!", hörte sie Jans Stimme sagen...

Fortsetzung folgt...

Die Autorin

Die Autorin ist in einer kleinen Gemeinde in der Nähe von Köln aufgewachsen und zur Schule gegangen. Sie machte Abitur und danach eine Ausbildung in einer Bank.

Sie wohnt dort immer noch mit ihrem Ehemann und ihrem Sohn, der schon in den ersten Jahren Probleme mit anderen Kindern hatte. Im Alter von 11 Jahren wurde bei ihm Autismus diagnostiziert.

Das Schreiben lag ihr schon als Kind im Blut. Sie schrieb kleine Geschichten über ihre Katze und bastelte ihr erstes Buch.

Bereits erschienene Bücher

„Weibliche Revanche"

ISBN Taschenbuch 978-3753420493

ISBN E-Book 3753420492